ISBN 978-2-492603-24-2

Philippe FOURNIER

HISTOIRES COURTES

Volume 2

Quelles soient légères, ou profondes, teintées d'aventure, de destins parfois imprévus, ou poétiques, j'espère que ces "histoires courtes" vous permettront d'alimenter une partie de votre vie, un voyage ou quelques rêves !

À Sophie…

Un monde en noir & blanc...

L'histoire que je vais vous conter à présent, vous paraîtra certainement surprenante, mais elle s'est pourtant bien déroulée en 1993, dans une petite ville au nord de l'Écosse, à Mallaig pour être plus précis…

Petite ville côtière au nord-est des Hébrides d'à peine un millier d'habitants, sa situation géographique isolée en fait une bourgade où le tourisme n'a pas sa place… Engoncée dans l'enchevêtrement d'une côte découpée au rasoir par des fjords (Loch en écossais) adjacents, seulement trois voies d'accès permettaient de rejoindre ce petit port de pêche occidental, la voie maritime, une toute petite route unique et la voie ferrée qui aura su à elle seule contribuer au développement de la ville dès 1901.

Sean, était né dans les Highland, depuis toujours il parcourait les chemins côtiers d'Écosse, caressés par les vents d'ouest souvent revigorants par leur fraîcheur et les embruns salés qu'ils dispersaient à travers la lande. Seuls les végétaux les plus solides, résistaient à la dureté du climat froid et venteux.

Les hommes du coin leurs ressemblaient en tous points. Solides gaillards aux épaules trapues et au verbe haut, Sean était l'un de ceux-là… Seulement, fier comme un écossais, il gardait jalousement un secret en lui…

Vous me direz… "Mais quel est-il, ce secret ?"
Je vous répondrai "Patience…"

Notre ami n'en était pas incommodé le moins du monde, car lui seul en était conscient, seulement parfois au hasard d'une discussion, cela le déstabilisait de ne pouvoir commenter sur une couleur qui venait gâcher la conversation…

Par exemple, lorsqu'un de ses amis disait "Tu as vu la mer ce matin comment elle était belle ? Bleu turquoise avec des reflets vert émeraude…" ou bien encore…"Non mais le kilt du père Wilson, j'te jure la dégaine, violet et jaune, avec ses chaussettes rouges, il doit être aveugle, c'est pas possible ! "

Car il était bien incapable d'y répondre… La vie pour lui s'exprimait en noir et blanc et une succession de gris clairs et foncés. Depuis sa naissance, il ne connaissait pas les couleurs tout simplement parce qu'il ne les voyait pas… De ce handicap, il n'en avait jamais parlé… Il s'arrangeait toujours pour trouver une pirouette quand il le fallait…

En son for intérieur, pourtant, il aurait bien aimé en savoir davantage sur ces couleurs qui enjolivaient la vie de ses concitoyens, mais à qui parler de ses faiblesses ? Sans moqueries ? Et comment aurait-il pu comprendre par des mots, la richesse que les couleurs pouvaient apporter dans l'univers des gens, n'ayant aucune notion de ce que cela pouvait être ?

Alors, il ne posait jamais de questions et gardait enfoui son secret… Se contentant d'acquiescer lorsqu'on lui demandait son avis.

Issu d'une famille de pêcheurs, il arpentait en compagnie de John Davis et de son collègue Harry Miller la côte saillante pour pêcher la morue à bord du chalutier "Maryland" et à chaque retour de mission, ils avaient pour seule habitude et seule compagnie, les verres de bière au bar du pub "Dirty Dick's".

Vers 17 ans, il connu Hilda, la serveuse du seul pub de Mallaig encore en activité... Ils avaient été à l'école primaire ensemble... Depuis, elle avait bien changé... Quelques formes et des hormones en plus avaient achevé de le convaincre, il se laissa tenter et contre toute attente elle avait accepté de nouer une relation avec lui.

Hilda, n'était pas véritablement une "bombe" comme dirait certains jeunes, mais elle avait un charme à sa juste valeur. Et puis Sean malgré sa jeunesse et son physique charpenté, n'incarnait pas franchement la douceur qui le caractérisait...

Leur liaison débuta timidement, puis ils apprirent à se connaître et enfin à s'aimer... Au bout de quelques mois, ils achetèrent ensemble, une petite maison loin de la ville. C'était une ruine que Sean acquis facilement puisqu'il était le seul acheteur potentiel dans la région...

Située, face aux vents dominants au bord de l'océan, avec une vue imprenable sur 360°, s'étalant du nord au sud, d'est en ouest entre ciel et terre... Une terre faite de roches affleurantes et gorgée de lichens et d'herbes folles... En face, la mer, rongeant inlassablement la côte pour y découper, gramme après gramme, cette contrée laissée à l'abandon... Insidieusement et méthodiquement, les vagues et les marées successives rognaient sur le terrain des hommes comme pour s'approprier leurs âmes.

Sean s'y sentait bien, là où peu d'humains auraient pu supporter une solitude aussi pesante malgré un paysage fantastique de couleurs et de cette atmosphère chargée d'émotions si particulières.

Pour Sean, puisque les couleurs lui étaient totalement inconnues, il puisait ses sensations dans le vent, les embruns et la quiétude de cet univers qui ravissait son esprit. Homme avide de nature, il méprisait cette société moderne faite que de faux semblants et s'accordait en totalité avec ce milieu naturel qui était le sien.

Son maigre salaire de pêcheur suffisait à couvrir non seulement l'achat miséreux de la masure, mais aussi les matériaux destinés à la rénovation… Il y passa tous ses week-ends de l'année 1993. Hilda était souvent prise au pub les mêmes week-ends, alors, c'est tout seul qu'il bossait comme un damné pour faire de ce lieu, quelque chose qui ressemblerait à un petit nid douillet ou juste une petite maison.

A force de détermination et de nuit trop courtes, associé au travail en mer, Sean avait maigri. Il était presque devenu un squelette sur deux jambes. Tout à l'inverse, Hilda avait forci un peu et elle eut pitié de son compagnon de le voir autant trimer. Elle était amoureuse et ne voulait que son bien-être, alors elle décida de l'emmener passer quelques jours de vacances à Édimbourg pendant la période des fêtes de fin d'année…

Elle avait posé des congés… Cela tombait bien, la période de pêche était au ralenti, les quotas remplis pour Noël et le jour de l'an.

Ils prirent le train ensemble le 22 décembre, tous deux ravis de cette escapade qui les amenait vers un inconnu total…

Le dépaysement fut saisissant en arrivant dans la capitale. Les lumières de la ville s'offraient à eux dans la plus grande indécence… Pour Sean, ce n'était encore qu'un paysage en blanc, gris et noir où certes le contraste détonnait mais pour Hilda c'était une véritable explosion de couleurs vives qui illuminait la ville. Les néons accrocheurs, les vitrines des boutiques festives rayonnaient de bonheur à travers ses rétines…

Un petit hôtel, et une nuit douce après ce long voyage, leur permis un peu de relâchement… Sean, dormait encore quand Hilda se réveilla… Sans bruit, elle alla se préparer dans la salle de bain attenante. Elle sortit au moment ou Sean se dégagea de sa torpeur…

Il se frotta les yeux… Hilda se tenait devant lui… Il ne rêvait pas… Quelque chose d'inhabituel se produisait… Il eut du mal à comprendre, mais peu à peu, il se concentra attentivement sur l'image qu'elle lui renvoyait… Une seule chose attirait son cerveau et c'était les lèvres de son visage… Elles n'étaient plus grises mais rouges…

D'un rouge sang… Pour la première fois de sa vie il connu sa première couleur… Tout autour de ces lèvres rouge vif c'était encore un ensemble de dégradé de gris… Mais le miracle s'opérait, il commençait à comprendre le sens des couleurs de la vie… Juste le rouge de l'image qu'il percevait, le comblait…

Surexcité de cette découverte, il se leva, alla à la fenêtre et observa la rue attentivement… Toutes les nuances de rouge apparurent alors… Il cru que c'était cela l'ensemble des couleurs… Quelque chose lui échappait pourtant, lorsque de mémoire il se rappela certaines discussions, où l'on parlait de vert, de bleu, d'orangé, de jaune, de violet… Qu'était-ce donc tout cela ? De quoi parlaient ses amis ?

Et le moment tant redouté fit son apparition… Hilda seule pouvait répondre à ses interrogations, alors il se lança et déballa entièrement son handicap longtemps refoulé… Tout d'abord, hésitant dans ses mots, la totale confiance en elle, l'aida à raconter son histoire et son mal-être.

Elle l'écouta longuement, sortir tout ce qui le rongeait depuis la nuit des temps… Puis son regard attendrissant et bienveillant se posa sur lui… Après quelques secondes d'un silence amenant à la réflexion… Elle lui dit tout simplement :

- Merci de m'avoir fait partager ce que tu ressens, je ne peux rien faire d'autre pour t'expliquer le monde des couleurs, c'est à toi maintenant de les découvrir au fur et à mesure… Il faut que tu aies confiance en toi… Tu m'as donné cette confiance et c'est la clé de tous tes problèmes… Tu as vu ma bouche maquillée de rouge car c'est le symbole de l'amour qui nous lie ensemble et cela à été un déclic apparemment pour que tu fixes ce rouge… Alors laisse aller les choses… Le manque de confiance aux autres, c'est ce dont tu souffres, je pense".

Sean ne perdait pas une miette de ce que disait Hilda, il buvait ses paroles sans se rendre compte que les gris de son univers se transformaient en teintes d'un pastel très tendre au début… Sa voix douce et chaleureuse apportait les couleurs sur la palette que chaque mots résonnait en lui…

Sean émerveillé, ne savait comment combler ce bonheur retrouvé. C'était le plus beau cadeau de noël qu'il reçu de toute sa vie…

Voilà, je vous avais dit au départ qu'elle serait surprenante ! Moi j'y ai cru, parce que je suis un doux rêveur et vous ?

Trois heures pas une de plus…

Henri, vouait une véritable passion pour l'Inde… Ces sensations extrêmes… Toutes ces odeurs, ces couleurs, ces coutumes particulièrement dépaysantes pour un européen de souche. Il était venu avec sa nouvelle compagne sur les traces de ce passé si douloureux, lui faire découvrir ce pays si riche de mille feux et tellement acquis à son cœur…

Claire, bien que réticente au départ, ne put qu'accepter devant la ferveur de son homme. Elle redoutait que ressurgissent des souvenirs qui le mettraient cette nouvelle fois, complètement KO. Elle connaissait par cœur son histoire, cette sale histoire où sa charmante épouse Sylvia avait déserté l'hôtel pour aller vivre une autre symphonie et dans une autre direction sans donner aucun signe au préalable…Ni explications, laissant Henri en proie à son chagrin et à ses pleurs.

Henri avait souffert le martyr, pendant très longtemps et elle avait été là pour colmater plus ou moins les brèches et les blessures que son ex lui avait infligé. Maintenant qu'il était guéri en apparence, il ne s'agissait pas qu'il redevienne nostalgique de cette époque qui l'avait marqué au fer rouge… gravé son esprit et son âme à jamais…

De ça, Claire, n'en voulait pas… Elle avait réussit à peu près à le sauver de ses démons empoisonnés et avait agit tel un pansement, elle le savait et avait accepté ce rôle ingrat… Mais ce qu'elle désirait le plus et de toutes ses forces, c'était de le sauver et d'essayer de fabriquer une vie à deux… Cela parfois, lui paraissait aussi énorme que de reconstruire les trois pyramides de la nécropole de Gizeh, Khéops, Khephren et Mykérinos, à elle toute seule et juste avec ses deux bras comme outils.

Elle se sentait tout juste capable de poser deux parpaings, et c'est pour cela que le voyage qui s'annonçait, n'était pas forcément de bon augure.

Le vol AI 564, décolla de Roissy-Charles de Gaule ce vendredi 13 mai 1983 à 17 heures 03. Déjà la date n'inspirait rien de bon, mais Claire était une battante, et les fantômes ne lui faisaient pas peur. Elle était beaucoup plus inquiète pour son Henri et sa fragilité qu'il essayait, tant bien que mal, de refouler. Sur place elle serait aux aguets, c'était inclus dans ses gènes... Il était hors de question de le laisser faire n'importe quoi...

Ils arrivèrent au petit matin à Kanpur, aussitôt, ils prirent un taxi vers l'hôtel où ils purent décharger les valises et se restaurer.

Le séjour de quinze jours se devait d'être à la fois intense et reposant, pas facile d'allier les deux, mais Henri s'était occupé de l'itinéraire connaissant pas trop mal le pays pour y avoir vécu un an avec Sylvia... Aussi, il avait prévu pour sa charmante Claire, une première journée au Taj Mahal, lieu incontournable du romantisme absolu, afin de la détendre pour le reste du séjour...

Ce lieu chargé d'histoire tout comme la Venise en Italie. Symbolisant de par son audace, l'amour sous toutes ses formes, cela leur permettrait ainsi de parer aux malheureux souvenirs qu'il devrait enfouir, car néfastes pour leur future vie.

Ils démarrèrent très tôt, le lendemain matin, Henri avait réservé un 4X4 auprès de l'agence Hertz, pour les quinze jours. Copie des passeports, empreinte de sa carte gold effectuée, signature des documents, tout fonctionnait à merveille. Ils pouvaient enfin prendre la route, car 280 kilomètres de trajet parfaitement insalubres les attendaient, sous 42° ! En gros, quatre à cinq heures sous une chaleur de plomb et sans climatisation.

Mais le Taj Mahal à lui tout seul, devait bien un petit sacrifice. Claire le regardait conduire… Il se tourna vers elle, l'espace d'un instant… Se sentant épier… Il lui sourit… Et le destin en décida autrement… Ce bref instant qui sépara ses yeux de la route pour s'incruster dans ceux de Claire, suffit à dévier sa trajectoire maladroitement. Il essaya de reprendre le contrôle, mais il était trop tard…

Au détour d'un virage, le 4X4 quitta la route, aidé par un nid de poule, heureusement sans gravité aucune… Dans un fossé peu profond, la voiture ne redémarrait pas. Henri descendit et se pencha sous le moteur pour comprendre et voir, horrifié deux constatations importantes…

Dans la vie, que doit-on prioriser ? C'était bien là, la question essentielle…qui se présentait à lui !

Claire, ne le voyant pas revenir, l'appela en criant ! Elle aussi était inquiète de ce silence, loin de tout !

- Henri ? Henri ? Tout va bien ?

Le silence était pesant et elle renouvela ses appels quand elle entendit au bout de quelques secondes interminables…

- Non, tout ne va pas bien, le carter de la bagnole est HS, toute l'huile du moteur est partie, ça ne va pas redémarrer mais y'a pire que ça…
- Que veux-tu dire par là ?
- Et bien, il ne faut pas que je bouge et je vais avoir besoin de toi, si tu peux descendre sans faire trop de bruit et me rejoindre. Surtout ne t'inquiète pas mais viens vite, s'il te plait et ne pose pas de questions… Il chuchotait presque.

Claire descendit à son tour et vint se positionner à coté d'Henri inquiète et comme il avait dit, sans un mot et en faisant attention… Elle se baissa à sa hauteur… ET CRIA !

Son cri malheureusement eut un effet dévastateur ! Le naja mordit Henri au bras et se sauva dans les hautes herbes…

Henri su à cet instant, pour connaître parfaitement ce serpent à lunettes, qu'on appelle naja-naja en langue hindi et cobra en occident que sa morsure était mortelle à brève échéance… Le cri de Claire avait déclenché l'attaque fulgurante sans qu'Henri ne puisse réagir…

- Oh, c'est de ma faute ! Répéta Claire en boucle, pardon Henri… Excuse-moi ! Tu as mal ?
- Non, j'aurais du t'informer du danger, c'est de la mienne… Mais quel con je suis par moment… Par contre ce dont je suis sûr c'est que je suis maintenant en danger de mort ! Et putain que ça fait un mal de chien ! Il faut bouger et trouver un hôpital rapidement… C'est un cobra de la pire espèce, on a peu de temps…

- Combien ? Dis répond, combien ? Répéta Claire affolée !
- Trois heures maxi mais dans deux heures, je serais à moitié conscient, l'effet des neurotoxines commencent leur travail déjà…
- Oh merde, Dis-moi ce qu'il faut faire, vite…
- Prend ma ceinture et fais-moi un garrot aussi serré que possible quitte à me couper le bras, là juste au-dessus…
- Ok Ok, elle était complètement paniquée, ses mains tremblaient… Et maintenant ?
- Maintenant… trouve l'hôpital le plus proche et appelle les secours…
- Putain, y'a pas de réseau… Dit-elle quelques secondes après s'être énervée sur son smartphone…
- Alors on marche, par là ! Vers l'avant ! Dit-il !

La route était déserte, pas un véhicule ne circulait, bien loin des cartes postales qu'on imagine avec ce pays habituellement surpeuplé…

Au bout de trente minutes le bras d'Henri le fit souffrir énormément et des hallucinations commencèrent à perturber sa conscience… Le spectre de Sylvia revenait sans cesse à son esprit…

Elle le regardait souriante en parfaite conquérante se déliter au fil des minutes qui passaient… Henri avait de la fièvre et luttait tout en marchant… Il posait ses pas sur l'asphalte brûlant encouragé par Claire qui ne le lâchait pas d'une semelle…

Il délirait de plus en plus, son cerveau revivait les derniers moments avec Sylvia qui lui avait déjà arraché son cœur, cette fois elle revenait lui extraire son âme, c'était certain !

Sa vue se brouilla, il avait énormément de mal à respirer, cette fois c'était la fin, il s'écroula sur le bord de la route… Sa dernière vision fut celle de Claire qui hurlait de douleur… Il la voyait entre deux images brouillées sans l'entendre… Puis ce fut l'absence totale…

Ses yeux s'ouvrirent, il était dans un lit… la blancheur des murs et la vue d'une infirmière le ramena à la réalité… Il ne su pas dans quelles conditions il fut ramené à la vie, enfin pas entièrement… Claire était auprès de lui et encore une fois, elle avait ce regard si bienveillant posé sur son visage…

Elle occulta qu'elle dut se sacrifier et donner son corps à un jeune routier polonais, le seul véhicule qu'elle avait croisé sur cette maudite route, afin qu'il fasse demi-tour pour emmener son Henri au plus vite, à l'hôpital de Rajpur…

Sylvia avait perdu et Claire ne sourirait plus lorsqu'Henri serait au volant !

Il volo ...

Italie, juin 1893 aux alentours de Naples, à Torre del Greco, pour être très précis. A cette époque se tenait une échoppe appartenant à Guiseppe Bardini, brocanteur de son métier. C'était un vieil homme usé par le temps…

Il y avait bien longtemps qu'il n'avait acquis de nouveautés mais ce jour là, lorsque le client entra dans sa boutique… Sans doute le flair de plusieurs années d'expérience ou une intuition subite… Il fut intrigué de découvrir 13 carnets, visiblement très anciens, lorsque le client déballa précautionneusement les objets de sa couverture de tissus.

La somme demandée était bien supérieure à ses moyens mais il pu néanmoins voir de près ce qu'ils recelaient… C'était véritablement un trésor, une œuvre unique, autrement dit des sortes d'incunables, dont personne n'avait jamais entendu parler… Il lui fallait absolument ces ouvrages, coûte que coûte… La passion, même à cette époque l'emportait sur tout le reste…

Le client ne semblait pas pressé et voyait briller les yeux avides de possession de Guiseppe. Il lui proposa d'échanger les 13 carnets manuscrits, contre son échoppe… Cela fit tiquer Guiseppe mais ce qu'il avait sous les yeux valait un pesant d'or et il n'aurait jamais d'autres occasions en ce sens, qui se présenterait à lui avant les 450 prochaines années…

Il demanda à son client un délai de réflexion et l'invita à le retrouver le lendemain à la même heure, et au même endroit, ce qui lui permettrait d'étudier la proposition de près…

Le client accepta, remballa les manuscrits et souleva son chapeau en guise de bonsoir. Le rendez-vous était fixé…

Guiseppe Bardini était tombé réellement sous le charme de ces reliques, il n'en revenait pas… Comment ces joyaux avaient-ils atterrit chez cet homme ? D'où les tenaient-ils ? C'était un bien étrange mystère… Mais par contre, l'authenticité n'en était pas moins présente… Signée par le maître lui-même en 1502, soit 17 ans avant sa mort. Une signature illustre reconnaissable entre toutes puisqu'il s'agissait de Leonardo di ser Piero da Vinci…

Cette monstrueuse envie de posséder ses ouvrages du génie Florentin allait le conduire à sa ruine, mais qu'importait sa vie pourvu qu'il ait l'ivresse… Le lendemain Guiseppe remettait les clés à son hôte et devint par la même, propriétaire des fabuleux carnets.

Le revers de la médaille, c'est qu'il n'eut plus de revenus. Il passa le plus bref temps qui lui restait à vivre, à éplucher en long et en large, feuillet après feuillet l'intégralité des documents, dans leurs moindres détails. Il y ajouta quelques notes personnelles et mourut dans la précarité la plus totale…

Ce n'est que vingt ans plus tard que Luigi hérita de ses biens, Guiseppe n'avait aucune descendance et avait désigné Luigi Vaperosso comme légataire universel, c'était son neveu…

Tout d'abord surpris, il prit possession de l'héritage de son oncle, dont il ne percevait que bien peu de choses. Ce fut plus un embarra pour lui de s'occuper des papiers, des obsèques et du reste.

Le jour où il tomba sur les carnets, il n'avait aucune idée de la valeur qu'il tenait entre ses mains, pire, il faillit les jeter constatant l'état dans lesquels ils se trouvaient. Sa présence d'esprit l'envoya néanmoins à la faculté de lettres de Naples, montrer l'ensemble à l'un des respectueux historiens, de ses connaissances qui y siégeait.

La mine décomposée de son ami, fit le reste en authentifiant formellement les manuscrits... De l'or était écrit dans ces cahiers à n'en point douter...

Très intrigué par ses révélations, Luigi poursuivit l'œuvre de son oncle en recoupant les petites notes qu'il avait écrit entre les pages... Dans l'un des carnets, il se passionna pour un croquis commenté par Guiseppe, vingt années plus tôt... Quatre vingt dix y faisaient référence...

Le rêve de tout homme de côtoyer les oiseaux de près... Cela pouvait être possible et Luigi avait une formation d'ingénieur. Rappelons-nous, nous étions en 1913, à la veille de la première guerre mondiale, mais pour le moment même s'il existait des tensions, rien ne laissait présager encore le destin de la drôle de guerre...

Luigi passa quelques week-ends à dessiner, concevoir sur le papier les ailes imaginées par Léonard, y apporta quelques modifications grâce aux mathématiques appliquées dont il avait étudié les fondements. Se basant sur son savoir, il observa que très peu d'évolutions entre ses calculs et le travail de Léonard de Vinci étaient présentes...

Un peu plus de 400 ans plus tôt, De Vinci avait déjà compris l'intrados et l'extrados, c'était extraordinaire pour l'époque... De plus en plus passionné par ses découvertes, il étudia de près et à la loupe, les nervures de bois, leurs nombres, l'orientation et la disposition de celles-ci sur le schéma original...

Il dessina ensuite ses propres plans et s'enquit de les reproduire à taille réelle en construisant, la parfaite réplique du projet.

Luigi délaissait sa vie sociale et estudiantine pour ne se consacrer qu'à son seul objectif... Il réaliserait coûte que coûte ce rêve...

Dans un atelier désaffecté, il rassembla tous les matériaux nécessaires... Il prit soin de clôturer l'endroit avec une grosse chaîne munie d'un cadenas dont il détenait la clé autour du cou sans jamais s'en séparer.

En s'endormant, il visualisait déjà de larges courbes dans le ciel accompagné de quelques oiseaux migrateurs. Cette sensation de douceur de flotter dans les airs. Depuis quelques années l'homme avait pris la domination des airs avec les premiers aéroplanes légers à moteur...

Lui rêvait différemment, le moteur serait remplacé par ses bras et le mouvement de son propre corps, juste à l'image des volatiles dont il voulait saisir la quintessence...

Quoi de plus beau que de reproduire le mouvement de leurs ailes à l'échelle humaine ? Cette idée ne l'avait plus quitté depuis l'ouverture des incunables. Et ses rêves allaient bientôt devenir une réalité…

Il se mit en quête de trouver le lieu idéal pour faire le grand saut dans le vide… A une vingtaine de kilomètres de Naples, sur la presqu'ile de Sorrente, se trouvaient des falaises assez hautes pour faire le premier essai en vol.

Sa voilure était prête et il choisit la date anniversaire de la mort de son oncle pour expérimenter son prototype… Très confiant, il jugea qu'il n'avait rien laissé au hasard…

Son ami Angelo Castello, l'aida à transporter le matériel démonté tout en haut du point stratégique choisi. Il s'agissait d'emprunter la via Campanella sur un kilomètre environ, puis de décharger les éléments et de les acheminer sur 200 mètres.

L'excitation était à son comble en ce dimanche matin de septembre 1913. Le temps était ensoleillé et une brise légère soufflait sur la falaise de calcaire.

Luigi assemblait les différentes pièces toutes numérotées… Angelo lui passait les nervures de bois dans l'ordre. Après une inspection très rigoureuse de l'ensemble, Luigi enfila son baudrier lui servant de harnais conçu spécialement et Angelo lui installa sa paire d'ailes en prenant bien soin de serrer les fixations.

L'heure de vérité était enfin arrivée… Le cœur de Luigi s'emballait déjà à l'approche du précipice juste devant lui…

Un instant, il eut envie de reculer, mais Angelo, n'avait pas fait tout ce chemin pour rien… Il devait se lancer…

Le vide l'effrayait, mais Luigi essaya de vaincre la frousse qui le terrorisait… Il ferma les yeux, couru jusqu'à en perdre haleine et lorsque le sol se déroba sous ses pieds, il déplia ses ailes…

Cette fois il avait la sensation d'être un oiseau… Les ailes en sustentation le portaient bel et bien… Léonard de Vinci avait vu juste… Cela fonctionnait à merveille et ses calculs maintes fois vérifiés aussi…

Qu'il était bon de se sentir porter par l'air au dessus des flots… La sensation de peur et de vertige, l'avait abandonné et il se sentait si libre de toutes contraintes, si puissant d'avoir vaincu la loi de la gravité universelle… Maintenant il faisait corps avec les cieux, les oiseaux et Dieu !

Il devait maintenant tester la faculté à se mouvoir à la seule force de ses bras… Alors il replia ses ailes afin de leur donner une autre impulsion pour gagner de la hauteur et ce fut tout l'inverse qui se produisit…

Incapable de les redéployer à nouveau, il chuta à une vitesse vertigineuse… Angelo, impuissant et horrifié, du haut de la falaise, assistait au spectacle imparable…

Luigi aura eu, en un instant vécu le meilleur et le pire de sa vie, en s'écrasant violemment sur un rocher…

Vinci n'avait pas tort sur le fondement de son principe, il avait juste omis de dire que ce croquis correspondait à un simple planeur et non de celui d'un oiseau… Luigi l'aura appris à ses dépends… Mais n'est pas "génie", n'importe qui !

Tout comme son oncle, lui et Icare, ils s'étaient brûlés les ailes en essayant de trop s'approcher du Maître et de Dieu !

Le portrait

Ce tableau était criant de vérité, le regard de cet homme posé sur le mur interpellait quiconque s'en approchait. Peint au XVIIIème siècle, il était accompagné d'un cadre d'époque aux formes tarabiscotées doré à l'or fin.

Éléonore était stupéfaite devant le réalisme de cette toile… Aucune signature n'y figurait… L'homme se tenait debout devant un mur clair et ses yeux transperçaient en profondeur le spectateur. Tout au fond du tableau, l'on distinguait un village de campagne, d'où émergeait un clocher.

Invitée par une connaissance au vernissage de l'exposition, la jeune femme ne s'était pas faite priée, car elle appréciait l'art et beaucoup la peinture également.

Les petits fours et le champagne qui coulait à flots, n'y étaient pas totalement étranger non plus… Elle avait longuement hésité à passer une robe de soirée, mais le choix dont elle avait fait preuve se remarqua instantanément durant le vernissage et quelques hommes vinrent la saluer et commenter les toiles présentées dont le directeur culturel de la galerie.

Éléonore, avait avant tout, été attirée par ce tableau complexe dans sa construction…

Le personnage semblait assurément vivant et tellement saisissant de réalisme, qu'elle s'était littéralement investie au fond d'elle même et ressentait une attraction si puissante, qui avait contribuée bizarrement à une émotion soudaine.

Elle tourna autour de la toile, les yeux de l'homme la suivait, où qu'elle se trouve. Le peintre avait su capter le regard du sujet quel que soit l'endroit où les admirateurs se situaient…

L'idée était stupide, mais tellement impressionnée par ce réalisme absolu et attirée par une sorte d'aimant puissant, elle n'arrivait pas à détacher ses yeux de l'homme si joliment dessiné et peint à l'huile.

Il se concrétisait une forme d'élégance discrète derrière un costume ajusté et un visage ressemblant à un acteur de cinéma séducteur, qui ne pouvait rendre la pauvre Éléonore que captivée.

Elle continua la suite de la visite de l'exposition, consacrée aux peintres du XVIII ème. Dans son esprit, cette vision ne cessait de la perturber… Ce regard si intense ! Et cette peau, presque si parfaite qu'elle imaginait avec beaucoup d'indécence caressant la sienne.

Les rêves des femmes sont parfois insondables, mais Éléonore ne se compliquait pas l'existence par de vulgaires comparaisons. Elle existait bel et bien, et savait où sa vie l'emmènerait à ceci près que le tableau, vu quelques minutes avant, l'avait si fortement ébranlée à tel point qu'elle y pensait encore…

Alors subjuguée et sous le charme, elle se posa une dernière fois face au tableau. Le regard de l'homme était toujours posé sur elle…

Un regard chaud et froid… Chaud par la flamme qu'il dégageait et exerçait sur elle et froid tout à la fois car figé par les traits du pinceau qui avait immortalisé l'individu sur une toile de coton tendu.

C'était presque l'heure de la fermeture du vernissage organisée par la galerie d'art… Les dernières personnes après avoir dévoré, ce qui restait des dernières assiettes mises à leur disposition, et bu le champagne restant dans les coupes, s'éclipsèrent dans la nuit.

L'homme sensé fermer les lieux et détenant les clés de la boutique, s'adressa à Éléonore, scotchée devant le portrait du XVIIIème, lui demanda poliment de quitter les lieux, car il était fatigué de l'attendre.

Elle se retourna vers lui, et commença à se diriger vers la sortie lorsqu'elle comprit dans le regard du gardien que quelque chose d'inhabituel l'avait effrayé au point qu'il fuyait en courant.

Éléonore se retourna à nouveau et fixa la toile, l'homme avait disparu du tableau… Elle sentit une main se poser sur son épaule et la serrer. N'osant imaginer ce qui se produisait tellement c'était inconcevable, elle ferma les yeux et se laissa bercer par ses mains douces.

Face à elle, se tenait l'homme du tableau ! Cet homme dont elle avait toujours rêvé en silence, pendant de si longues années…

Celui-ci, avait compris que cette fabuleuse aimantation posée sur lui, n'était autre que celle qui allait le délivrer de la toile qui l'avait retenu prisonnier, depuis plus de 200 ans…

Un futur hacker...

En l'an 1773, Hans Axel Von Fersen, comte Suédois achevait de faire un tour d'Europe afin de parfaire, son étude des langues et la bienséance exigée pour une éducation parfaite dans le grand monde.

Au retour de son périple, il fit un bref passage, à la cour de France, en égard à son rang, ... Il avait alors 19 ans... Ses habits sans fausse note, son esprit vif ainsi que sa singulière beauté physique en faisaient un redoutable adversaire pour certains hommes. Il exerçait une certaine fascination chez les jeunes femmes autant que celles d'âge mûr.

Il tenait sa réussite entre ses mains et en avait conscience, aussi il écoutait beaucoup et restait assez mystérieux, ce qui rajoutait encore un charme fou à son contact. Il ne prenait que très rarement position sur les sujets brûlants de l'époque, et tout au contraire, savait enrober ses pensées tout en finesse en gardant toujours un léger sourire suspendu à ses lèvres.

Entrant au bal de l'Opéra, le 30 janvier 1774, son carton d'invitation à la main et masqué comme tous les convives, il rencontra alors, la Dauphine Marie-Antoinette... D'après les écrits, ils auraient discuté très longuement ce soir-là.

Il fut ensuite sollicité à chaque bal que la Dauphine organisait, jusqu'en mai 1774. Puis il rentra en Suède pendant quatre ans...

De retour en France en 1778, alors âgé de 23 ans et toujours aussi élégant, Marie Antoinette, qui ne l'avait pas oublié, ne put que le convier à entrer dans sa cour qu'il rejoignit volontiers avec la plus grande aisance…

Marie se montrait alors sous son meilleur jour avec ce charmant jeune homme aux allures parfaites… Mais au-delà des apparences mesquines, tous les deux recelaient d'une complicité sans pareille qui se dégageait doucement… Dès 1779, leur attachement mutuel, même s'il n'était pas flagrant suscitèrent quelques rumeurs et des jalousies naquirent…

Axel de Fersen, qui avait entre autres, des ambitions militaires, embarqua le 12 mai de cette même année, pour faire la guerre sur le nouveau continent, trois jours après la mort de Louis XV.

De retour en 1783, son physique commençait à accuser le temps passé au combat. Pendant toutes ces années vécues loin l'un de l'autre, l'alchimie des aimants se cristallisa à nouveau… Des rendez-vous secrets s'organisaient à l'insu de tous… Principalement au petit Trianon à Versailles, mais ensuite à l'Hôtel de Luyne, où il s'installa pour être au plus près d'elle, juste au dessus de ses appartements.

Peut-on nommer un chapitre 2 dans une histoire courte ? Pourtant c'est bien là, que débutera cette bien étrange affaire…

Nous sommes en 1783, les deux amants sont épris l'un de l'autre et nuls doutes qu'ils souhaitent cacher leurs émois autour d'eux…

Dès lors, Axel de Fersen, redoublant d'intelligence imagina un système complexe et codé... L'ensemble de la correspondance entre Axel de Fersen et Marie-Antoinette ne sera récupéré qu'en 1982 pour y être étudiée, quelques secrets dévoilés au début des années 2000 et dernièrement une nouvelle découverte en octobre 2021.

Plusieurs techniques furent employées, ingénieuses pour l'époque et loin des systèmes de cryptogrammes actuels. Axel détenait un registre dans lequel il inscrivait toute cette correspondance, lettres envoyées et reçues...

En fonction de la teneur, il classait sous le nom de Joséphine, les courriers intimes et Reine de France, les courriers officiels.

D'abord initié, par des apothicaires plus ou moins compétents, ils eurent recours à l'encre invisible ou à l'encre blanche, rendue visible à la chaleur ou au jus de citron...

Cette technique était déjà connue et pas très sûre. Les courriers pouvaient être interceptés et décryptés facilement et il s'agissait tout de même de la Reine de France.

Puis il imagina une technique beaucoup plus élaborée, basée sur un code chiffré où à partir de plusieurs mots recensés à n'importe quel numéro de page, dans un ouvrage dont ils possédaient la même édition, pour être certain d'utiliser le bon, où à l'aide d'une table de codage chiffrée, le A pouvait correspondre à un P ou un E...

Ainsi sans la table correspondante, nul ne pouvait en décrypter le contenu. Et bien évidemment les lettres étaient toutes numérotées pour s'assurer qu'aucune perte n'avait eu lieu entre l'envoi et la réception, très courant à l'époque…

Les tables changeaient à chaque fois et les ouvrages également, tout ceci indiqué aussi dans les fameux messages codés dont seuls les deux amants avaient la clé.

Ce très long travail, était fastidieux en énergie dépensée, mais leur passion valait bien ce temps dépensé tout en pensant l'un à l'autre.

Ils purent ainsi échanger de fabuleuses lettres d'amour à l'insu de tout le monde dont quelques fragments furent rendus publiques comme :

De Marie-Antoinette à Axel de Fersen le 29 juin 1791 :
« J'existe mon bien aimé et c'est pour vous adorer. (…) Adieu le plus aimé des hommes. »

De Axel de Fersen à Marie-Antoinette le 29 octobre 1791 :
« Adieu ma tendre amie, je vous aime et vous aimerai toute ma vie à la folie. »

Sur quoi devons-nous nous attarder ? Sur les enfants illégitimes dont Louis XVII en fut le principal sujet ? Le Roi n'ayant plus aucune relation charnelle avec la Reine depuis quelques années.

Ou pour cette liaison extraordinaire de vérité dans laquelle il était indélicat ou tout à fait impossible de s'épanouir ?

Malgré l'implication extrême dont de Fersen avait fait preuve jusqu'au bout durant la fuite à Varennes, pour sauver les souverains et par la même, sa bien-aimée, en organisant minute par minute, la fuite royale... Pour le Roi Louis XVI, il était hors de question que la Reine de France fut sauvée par ce renégat…

Il fut donc évincé et en bon militaire obéissant Axel de Fersen dû s'incliner en déclarant forfait, pour mener à bien l'évasion…

Il s'en voulut jusqu'à la fin de sa vie…

Peut-être dans ses descendants, se cache un être travaillant actuellement dans la cyber-sécurité ou à l'inverse dans la cybercriminalité…

Vous voulez mon avis ? Je pencherais pour la première option !

Fête d'un soir dans les tuyaux !

Les accords plaqués de l'orgue résonnèrent dans la nef de la cathédrale d'une grande ville de France dont on taira le nom, car je n'aime pas dénoncer mes sources.

Désertée à cette heure tardive du soir, puisqu'il était presque 23h. Les portes avaient été verrouillées quelques heures plus tôt et le chant liturgique était confiné à l'intérieur de l'édifice.

Les 5689 tuyaux de l'orgue s'élevaient à 18 mètres au dessus de son proscénium. Les quatre claviers juxtaposés dont deux pouvaient s'accoupler accompagnaient les 101 jeux de sonorités et s'associaient également avec le pédalier de basses placé sous le tabouret avec 30 jeux à disposition.

C'était bien un instrument complet à lui tout seul dont seuls quelques esthètes en science musicale pouvaient en délivrer toute la quintessence. Il fallait pour cela, jouer de tous ses doigts, et de ses pieds… Et ensuite la magie pouvait opérer.

Et ce soir-là, les sons venus d'outre tombe, caressaient les grands vitraux de verre épais qui renvoyaient à leur tour, les fréquences audibles vers le chœur en une multitude de réverbération dont l'ensemble architectural composait l'oreille.

Car un orgue liturgique n'est rien sans le bâtiment qui l'abrite. C'est un peu comme l'histoire du chien abandonné à la SPA, comparé à celui qui vit dans les traces de son maître. L'un sans l'autre est perdu. Pour l'orgue c'est exactement la même chose, il lui faut un volume qui lui permette de contenir son énergie et surtout que celle-ci puisse s'exprimer par la musicalité que l'instrument dégage par son souffle…

Car oui, un orgue respire comme nous autres. A travers ses tuyaux comme les branchies d'un poisson ou les poumons d'un être humain…

Mais revenons à cette soirée particulière… Les notes blanches et noires du clavier étaient enfoncées à tour de rôle suivant une partition invisible… D'ailleurs tout était invisible, y compris les doigts et les pieds de l'organiste…

Car personne ne se trouvait assis sur le banc. Le siège était vide et la mélodie se jouait pourtant !

Un esprit pouvait-il s'être emparé du Saint lieu ? Si oui, dans quel but ? Il avait peut-être envie de jouer ou de s'entrainer sans que quiconque ne vienne le déranger ?

La pièce musicale entreprise ne pouvait être jouée par un humain, c'était certain… Les claviers s'activaient en tous sens et un œil exercé ne pouvait suivre la cadence et la succession des notes délivrées en continu autant sur le pupitre qu'au sol sur les lignes de basses.

La symphonie se déroulait, majestueuse, torride d'émotions jamais connues et si mélodieuse que les dieux eux-mêmes devaient fondre en larmes devant autant de beauté.

De tous les tuyaux sortaient des harmoniques d'extase jusqu'au final où les claviers fumaient à force de manipulations mécaniques.

Lorsque résonnèrent les dernières notes dans le bâtiment de pierre tout entier, un sentiment de frustration donna le change aux vitraux qui explosèrent sous l'effet des vibrations dévastatrices…

Les notes du final, si savamment orchestrées avaient envoyées des fréquences jusqu'alors jamais employées qui, mélangées entre elles avaient eut ce fabuleux prodige de faire désolidariser les joints de plomb maintenant toute la verrerie…

Jamais une symphonie aussi mystérieuse qu'innovante dans son concept, n'avait été jouée sur un orgue à ma connaissance… Ce fut la seule représentation physique de l'œuvre.

La partition se trouvait à présent dans le cœur d'un saint ou d'un ange mais aucunement répertoriée à la SACEM, ni à la SACD.

Vibrations !

L'archet glissait sur les cordes du violoncelle dans une complainte gémissante de plaisir, lorsque Louis poussa la porte de sa maison en rentrant d'une journée harassante. Au loin, il entendit le son chaleureux de l'instrument dont les notes filtraient par le couloir.

A pas de loup il s'approcha doucement, bercé par le jeu de sa jeune épouse. Elle était face à la fenêtre et il arrivait dans son dos.

Dans le reflet de la vitre en face de lui, il percevait l'instrument calé entre ses genoux qu'elle tenait fermement. Cette position indécente et provocante, l'avait toujours fasciné, parfois il s'imaginait à sa place en beaucoup moins imposant ce qui le fit sourire tout en faisant monter son désir.

Il s'approcha d'elle et dans son dos vint poser ses mains sur ses épaules, tout en laissant s'exprimer ses bras, puis déposa un léger baiser dans son cou qui la fit frissonner. Sa tête se pencha vers la sienne et l'archet lui échappa des mains.

C'en était terminé de la leçon de musique, la soirée débutait juste et le regard de Louis brûlant de fièvre ne donnait que peu de possibilités sur ses attentions en prévision, ce que compris également immédiatement Marie-Cécile…

Elle se leva et alla déposer le violoncelle dans un coin de la pièce.

Louis fut subjugué par les formes courbes du bois vernis qu'il ne pu s'empêcher d'aller caresser de la paume de sa main.

Un instant, il y trouva non une comparaison, mais plutôt une évocation dans le charme fou que le violoncelle liait à sa femme…

Était-ce par la sonorité des cordes frottées qui dégageaient une chaleur intense ou simplement les courbures de l'instrument lui rappelant la douce peau de son épouse ? Assurément un peu des deux…

Ce rapport privilégié n'était pas pour lui déplaire en tout cas.

Encore en pleine réflexion philosophique, Louis ne sentit pas venir à lui Marie-Cécile en tenue d'Ève… Il se retourna, elle l'enlaça et l'embrassa avec fougue longuement… Le désir se fit oppressant et le dîner allait bien attendre un peu…

La livraison

Madeleine entre deux entraînements à l'aérodrome d'Angers-Avrillé, avait été intriguée par un jeune homme séduisant dans un bar près de la gare St Laud. Il faisait déguster au patron les cuvées de son millésime 1934.

Il avait pour cela amené une mallette remplie de bouteilles estampillées de l'écusson d'Anjou, qu'il sortait une à une de son écrin de cuir. La mine réjouie du bistrotier ne faisait aucun doute sur la qualité du breuvage.

Madeleine, attablée non loin de là, et bien qu'elle fût entourée de ses mécaniciens et de son chef d'escadre, observait d'un œil inquisiteur ce qui se déroulait sur le zinc.

En véritable femme de tête qui se respecte et aviatrice de surcroit, elle ne se démonta pas et alla au bar rejoindre les deux hommes. Elle s'assit tout près du jeune viticulteur… Et se tourna vers lui en lui disant…

- Je vous offre deux places pour le meeting aérien de dimanche si vous me faites goûter à tous ces nectars, je puise dans les yeux du patron, un réel enthousiasme et je n'ai pas envie de mourir sans connaître le goût de ces couleurs chatoyantes au regard.
- Et bien chère demoiselle, quel aplomb mais ce sera avec joie que de vous faire découvrir ma production de vin d'Anjou… Que préférez-vous ? Le blanc, le rosé, le rouge, le crémant ?
- Je vous ai dis… Je veux tout déguster !

Après deux heures de discussion autour d'une bonne dizaine de crus, elle avait fait ses choix et ce serait une caisse de chaque qu'elle remmènerait chez-elle et le rendez vous était fixé le dimanche suivant sur le terrain d'aviation pour la livraison avant le départ des 12 heures d'Angers, très grande épreuve de vitesse à laquelle se livrait les meilleurs pilotes du moment, Quatre femmes y étaient engagées pour cette édition 1935…

Elle fit préparer les cartons d'invitations le soir même au nom de Pierre Lettellier, éleveur de vins à Chaudefonds sur layon.

Le dimanche suivant, un petit camion Renault se présenta à l'entrée encombrée, chargé de la commande de Mme Madeleine Charnaux et les employés chargés de la sécurité, lui donnèrent un laissez-passer pour accéder jusqu'aux hangars des appareils.

Madeleine l'attendait… Il était en retard. Elle était tout autant subjuguée par l'homme que par le chargement qu'il lui apportait. N'ayant que peu de temps pour régler leurs affaires, Pierre la regarda s'envoler dans les cieux Angevins, lorsqu'elle prit les commandes d'un Miles M.2 Hawk…

Encore débutante et s'essayant au championnat de vitesse, assez agile et volant à basse altitude enchaînant les virages serrés, elle avait réussi à suivre pendant quelques temps, Hélène Boucher partie en tête… Mais Lacombe, partit loin devant, en fut le vainqueur pour quelques secondes seulement devant la favorite déjà connue des circuits… Madeleine n'arrivera finalement que 12 ème sur les 16 concurrents engagés, mais ce n'était que le début et partie remise...

C'était une vraie combattante en vol... Et à force d'acharnement, elle fut engagée dans l'équipe Caudron Renault dès 1935.

Le nouveau modèle Rafale lui fut confié en 1936, sur lequel elle s'entraîna. Elle eut l'occasion, cette même année de recroiser Pierre sur le terrain, lors de la 3ème épreuve internationale d'aviation des 12 heures d'Angers.

Ils eurent le temps de discuter beaucoup plus longuement cette fois là... D'avions et de vins, tellement chers dans le cœur de Pierre. Il lui confia qu'un client attendait de lui, une grosse livraison pour le mariage de sa fille à Varese en Italie, et qu'il était inquiet que celle-ci arrive bien avant le jour J.

Madeleine proposa son aide... Après quelques recherches, un petit aéroclub équipé d'une piste suffisante pourrait accueillir son Caudron-Rafale à 6 km de la ville de Varese, s'il s'occupait au préalable des certificats de douane. L'opération fut conclue dans le week-end. Et un télégramme prévenant de son arrivée à l'aéroclub de Varese envoyé avant son départ...

Le mardi suivant, elle décolla d'Avrillé avec à bord 300 litres de vins d'Anjou, toutes catégories confondues... Direction les Alpes... Elle avait l'intention de traverser la frontière par le massif des Grandes Jorasses avec un passage au col des Hirondelles situé à 3 480 mètres...

Partie très tôt, elle arriva dans les Alpes en milieu de journée. Le temps était clair, mais des nappes de brouillard clairsemées ne présageaient rien de bon en haute altitude...

A l'aide de sa boussole et de la carte embarquée, elle repéra au loin, l'aiguille de Leschaux et celle de Rochefort, elle devait se diriger entre ses deux masses imposantes…

20 minutes après, elle n'avait plus de repères physiques, le brouillard était devenu si intense qu'elle se demanda si elle ne devait pas faire demi-tour… Mais ce n'était pas une petite montagne qui allait la faire renoncer, se dit-elle…Alors elle poursuivit et garda son cap…

Dorénavant, elle devait piloter aux instruments et seulement avec eux, en ayant une totale confiance sur le compas embarqué, l'altimètre, l'anémomètre et sur l'horizon artificiel. Sa jauge à carburant indiquait environ deux heures d'autonomie, de quoi rallier Varese sans excès…

Son monomoteur C430 ne pouvait franchir plus de 3 800 mètres et elle se dirigeait à tâtons vers l'inconnu… Elle prit peur au fur et à mesure qu'elle avançât… Un sentiment étrange l'enveloppait par surprise en dépit de toute réflexion logique… Elle perdit le sens des réalités, négligeant les instruments et se fiant uniquement à ses sens complètement discordants les uns des autres… Elle commença même à prier… Se voyant catapultée de plein fouet contre un mur infranchissable…

C'est alors qu'une trouée dans la brume, lui permis de reprendre la route correcte, le col des Hirondelles se situait légèrement sur sa droite… Si elle avait gardée le cap sans cette éclaircie subite, le Rafale courrait droit vers une catastrophe sur une arête rocheuse…

Une demi-heure plus tard, elle descendait vers la vallée d'Aoste et suivit l'itinéraire prévu jusqu'à Varese où l'attendait fébrilement Mr Orsini le père de la mariée… Madeleine se posa à 17 h 10 en Italie…

Le contrat avait été rempli et le bon vin d'Anjou avait enfin réussi pour la première fois, à passer les frontières grâce à Madeleine Charnaux.

En octobre de la même année, Madeleine retourna sur l'aérodrome d'Angers Avrillé, en guise d'entraînement sur son Caudron Rafale. L'endroit était devenu presque désert. Un taxi l'emmena dans la petite bourgade de Chaudefonds sur Layon, mais cette fois ce n'était pas pour y goûter les fabuleux vins d'Anjou…

L'année suivante elle sera la première femme pilote à obtenir un brevet de pilotage sans visibilité… L'expérience des Alpes avait été tellement intense qu'elle avait réussi à intégrer un sixième sens dans son univers de pilotage extrême…

La Fayette

Etienne avait réservé en urgence un chiot de "marque" labrador auprès d'un éleveur en Vendée. La portée de la chienne comportait au départ quatorze chiots et lorsqu'Etienne s'en préoccupa, il n'en restait plus que deux à adopter.

Il avait été convenu d'un rendez-vous avec l'éleveur sur un parking à mi-chemin. Celui-ci était sur place, lorsque la voiture d'Etienne se gara à côté du C15 blanc indiqué au téléphone.

Après une rapide poignée de main, l'éleveur paraissait très ennuyé, il sortit les deux chiots de la boite en bois située à l'arrière du C15.

L'un d'eux était souillé de vomissures… Mais… Ce n'était pas tout malheureusement ! Son regard était bizarrement toujours tourné vers le haut et ses oreilles pendaient lamentablement sans aucune réaction…

- Et bien ? Dit Etienne…

- Et bien voici les deux derniers, je reprends celui-ci je suppose ? Personne n'en veut et je vais être obligé de le faire euthanasier…

- Pardon ? Non attendez… Vous avez un chiffon qu'on puisse l'essuyer ? On y verra plus clair…

- Oui tenez…

- Que lui est-il arrivé au juste ? Demanda Etienne en essuyant le chiot.

- Il est né comme ça, il est aveugle et sûrement sourd également...

- Soit... Mais il a d'autres qualités par rapport à l'autre.

- Ah bon et lesquelles ?

- Tout d'abord, il me semble très calme et aucunement effarouché et puis...

- Et puis ? demanda l'éleveur incrédule.

- Il n'est pas malade en voiture contrairement à l'autre et c'est plutôt bien. Il a juste reçu sur lui le mal-être de son frère sans se plaindre. Alors déjà qu'il a en lui de sérieux problèmes, ce serait vraiment lâche de ne pas s'attendrir sur la personnalité qu'il dégage, vous ne trouvez pas ?

- Euh sûrement...

- Je le prends...

- Vous êtes sûr ?

- Oui très sincèrement !

- Alors je vous l'offre, vous ne me devez rien... Offrez-lui une belle vie c'est tout ce que je demande...

Les deux hommes se saluèrent et chacun reprit sa route. L'éleveur vers la Roche sur Yon, et Etienne vers Angers, le chiot était couché, roulé en boule sur le tapis de sol côté passager et dormait d'un profond sommeil. Etienne lui jetait un coup d'œil de temps en temps en souriant.

Tout en conduisant il commençait à lui chercher un nom... Il avait tout prévu à son arrivée dans sa nouvelle maison. Une gamelle en inox toute neuve, un large panier en osier, dix fois plus grand en prévoyance de sa croissance, les petites croquettes adaptées, un petit collier en cuir et une laisse à enrouleur.

Selon sa réaction il le doucherait le soir même ou le lendemain pour ne pas le stresser davantage. Mais au vu de son comportement, il imagina que cela ne poserait aucune difficulté.

Entre temps, il avait réfléchit et avait déterminé un nom qui lui correspondrait parfaitement. En conquérant pour l'indépendance, ce serait La Fayette, qu'il pourrait de temps en temps et en option surnommer "le Général" lorsque La Fayette lui montrerait des capacités exceptionnelles…

Le jeune La Fayette, s'habitua à sa nouvelle maison très vite… Au départ, il lui fallait s'orienter sans buter sa truffe contre les murs… Etienne passa beaucoup de temps à communiquer avec lui en essayant de s'adapter à ses handicaps. Il trouva quelques petites astuces…

Pour le diriger, il parlait assez fort de manière à créer des vibrations que le chien percevait assez bien… Ainsi La Fayette en pleine confiance commençait son véritable apprentissage. Pour capter son attention, Etienne lui apprit par le toucher des indications claires par la patience et la répétition des gestes.

Ainsi, sa main sur sa croupe le faisait s'asseoir… Sur son dos le faisait se coucher… Il se levait lorsqu' Etienne touchait sa petite papatte droite… En tout, une cinquantaine de points lui permettait de communiquer avec son chien à la perfection.

Lorsque sa croissance fut terminée, il l'équipa d'un harnais sur lequel était indiqué le message suivant : ***"Je suis sourd et aveugle et je suis un labrador"***…

La Fayette suivait son maître partout où il allait, à pied, en voiture, au travail... Sa vie de chien était empreinte d'un amour inconditionnel pour son maître et La Fayette savait le lui rendre au centuple.

Etienne regardait le labrador avec une tendresse non dissimulée d'affection. Il se demandait parfois si La Fayette était heureux... Son entrain le rassurait. L'homme était bienveillant et l'animal comprenait tout d'Etienne. Leur complicité n'avait d'égal que leur amour l'un pour l'autre. Le temps s'écoulait sans nuage apparent.

C'était un bonheur de les voir s'épanouir à chaque promenade par tous temps. Lors des tempêtes hivernales, sous une pluie battante où Etienne combattait avec son parapluie qui ne lui servait aucunement de refuge ou lors des premières neiges où Le Général La Fayette se mit à "danser d'une patte sur l'autre" sur cet intrus froid et doux à la fois.

Les années passèrent et le labrador vieillit, il ne fut bientôt plus que l'ombre de lui-même au grand désespoir d'Etienne. Seize années étaient passées par là...Un véritable exploit pour un animal dont la durée de vie n'excède que très rarement une douzaine d'années...

Sa longévité devait être due à l'exceptionnel bien-être que le chien éprouvait dans cette petite maison à la campagne loin du stress et dans un calme olympien emprunt de la patience particulière qu'exerçait son maître sur lui...

Etienne resta présent jusqu'à la fin et Lorsqu'il le vit partir un soir au fond du jardin, il savait qu'il ne le reverrait plus vivant le lendemain matin...

La tragédie se déroula un soir de l'hiver 2019… Les adieux furent brefs pour ne pas rajouter plus de peine au chagrin immense qui alimentait déjà les yeux d'Etienne en cet instant funeste. Mais Le Général ne l'entendait pas de cette manière… Il voulait mourir dignement hors du regard de celui qui l'avait chéri toute sa vie durant. Alors il partit se réfugier sous un sapin et attendit la grande faucheuse en paix.

Mais rassurez-vous, une place de choix avait été gardée au chaud au paradis des toutous pour La Fayette. Quant à Etienne ce fut le dernier chien qu'il eut, redoutant que son âge avancé ne lui permette de perdurer aussi longtemps que celle d'un autre animal qu'il aurait aimé éduquer dès son plus jeune âge. Le pari était trop risqué pour lui.

Il ne lui resta que de merveilleux souvenirs avec ce chien fabuleux et admirable d'exception que fut son Général La Fayette ! Mais cela comblerait allègrement ses années de solitude qui s'annonçaient déjà !

Mojenn Breizh

La nuit tombait sur le petit hameau de Kersidal, situé non loin de Penmarch, en ce mois d'octobre 1971. La tempête se faufilait entre les toits de chaumes laissant entendre un léger chuintement sous la toiture.

Des sons étranges semblables à des rires sauvages se faisaient entendre entre les rafales de vent qui sillonnaient les rues.

Tout en haut dans le ciel, la lune se voilait la face de temps à autre entre les nuages pour ne rien voir de ce qui allait se dérouler plus bas sur Terre.

Mais curieuse comme une vieille chouette, le spectacle serait forcément passionnant à vivre en ce 31 octobre. Les habitants s'étaient calfeutrés dans les bâtiments en pierre de granit. Les volets de bois bleus étaient pour la plupart tous clos. Tous sauf ceux de Gawan Dantec.

Le vieux marin savait pourtant qu'il fallait abaisser les rideaux, ce soir là, mais il n'avait jamais été superstitieux et encore moins poltron. Ce n'était pas quelques vieilles légendes celtiques qui allaient le décourager de souper face à la lune comme à son habitude, avec son petit verre de chouchen.

Gawan, était un ancien pêcheur de morue… Le teint buriné par le temps et affichant soixante treize piges au compteur, des histoires, il en avait entendu de toutes sortes en mer d'Islande. C'est curieux cette tendance qu'ont les hommes à faire croire à toutes sortes de balivernes à leurs semblables comme s'ils les avaient vécues…

Loin de lui cette idée de se laisser embarquer dans de telles affabulations. Il se délectait au contraire de voir ses concitoyens prendre peur pour des fables aussi idiotes qu'imaginaires.

Il se disait en son for intérieur, que les hommes étaient fous de croire à tout et à n'importe quoi. Mais cela ne dérangeait aucunement sa vie réglée comme du papier à musique.

A 19 heures pétantes, le feu était mis et réchauffait sa soupe du soir. A 19h15, il se servait son verre de chouchen qui réchauffe le cœur et à 19h20, il passait à table près de la fenêtre donnant sur la lande.

Il regardait le vent coucher les tamaris presque à l'horizontale en cette nuit fortement agitée… Il les distinguait par intermittence selon l'éclairage que l'astre lunaire fournissait entre les nuages qui circulaient devant.

Au loin, une vision étrange fit son apparition… Des centaines de points lumineux brillaient dans la nuit. Il fut intrigué sans plus. Sa vision sans ses lunettes n'était pas fameuse, aussi il replongea le nez dans sa soupe. Lorsqu'il releva la tête, il se leva et alla chercher ses binocles qu'il chaussa rapidement…

Retournant à la fenêtre précipitamment, il eut tout d'abord un mouvement de recul, puis s'approcha à nouveau. Il comprit alors qu'une cinquantaine de korrigans s'étaient amassés devant chez lui… Il reprit une bonne rasade de chouchen en jurant par tous les saints.

Dehors, ils riaient comme des bestioles affamées, l'un deux commença à entrainer les autres dans une danse en cercle au beau milieu de sa pelouse.

Il se forma alors presque instantanément ce que les anciens appellent, un "rond de sorcière". Une terre brûlée et sans vie où rien ne pousse pendant une année entière.

Gawan excédé sortit et les interpella en criant aux gnomes d'aller jouer ailleurs que sur sa pelouse qu'il bichonnait avec ferveur.

Deux petites mains vinrent saisir les siennes et l'entrainèrent dans un autre cercle. Il avait beau se débattre, celles-ci le tenait fermement, et il n'eut d'autres choix que de se laisser convaincre… La joie et la bonne humeur régnaient en maitre absolu dans la petite communauté.

Il piétina ainsi sa pelouse si bien entretenue et un nouveau rond de sorcière fit son apparition. Mais peu importait, cela faisait tellement de temps qu'il avait eut de la visite et puis l'ambiance était là, les rires et ces petits bonshommes laids aux grandes oreilles le faisait rire aux éclats.

Les farandoles créées se rassemblèrent en une file indienne qui l'entraina jusqu'au dolmen de Penker ar Bloaz situé à 1500 mètres de là.

Le vent faisait tomber les korrigans parfois, qui se relevaient en riant et en virevoltant. Gawan rigolait tout autant à voir les pirouettes des petits lutins devant lui.

Arrivés sur le site, une autre ronde prit forme autour des trois blocs de granit. Cette fois ce fut d'un seul tenant et la ronde accéléra au point que Gawan se sentit mal. Il lâcha les petites mains et alla s'asseoir sur l'herbe. Sa tête tournoya soudainement.

La ronde se disloqua et le grand dolmen à demi enterré engloutit, les korrigans un à un dans les profondeurs de la Terre, les rires s'estompèrent, et en quelques secondes il se retrouva seul face au géant de pierre en pleine nuit…

Quand le jour se leva, Gawan était dans son lit. Le réveil était douloureux, il avait l'impression d'avoir fait un mauvais rêve. Des bribes de souvenirs vinrent entacher sa mémoire. Il se dit qu'il avait trop abusé du chouchen.

Il regarda l'heure, la pendule indiquait 8h30… Jamais il ne s'était levé aussi tard. Se souvenant de quelques images, il pensa que parfois nous faisons des rêves improbables. Cela le fit sourire, il secoua la tête… On l'y reprendrait plus avec toutes ces âneries stupides…

Il avait retrouvé un peu de lucidité et se dirigea vers la cuisine pour faire un bon café qui le remettrait en selle pour sa journée. La fenêtre face à lui découvrait un grand soleil qui lui aussi émergeait à l'est dans son dos.

Le café dans la casserole posée sur le feu commençait à chanter… Il éteignit puis se servit un bol qu'il posa sur la table. Un morceau de pain, du beurre et de la confiture composeraient comme d'habitude son petit déjeuner quotidien.

Enfin… Il put s'installer sur la table et jeta un coup d'œil rapide à l'extérieur par la fenêtre. Il lâcha le couteau qu'il avait en main. Celui-ci tomba sur les tomettes de terre cuite.

Sur la pelouse, il constata quatre grands cercles bruns où l'herbe avait totalement disparue. Depuis ce jour d'octobre 1971, Gawan revit sa position sur les contes et légendes de la région où la terre se finie… Qu'on appelle Finistère !

Le Mondial

C'était l'effervescence au Lion d'Angers en ce 18 octobre 2021. L'épreuve avait eut lieu à huis clos, l'année précédente à cause de la crise sanitaire.

Dès le lundi, les équipages arrivèrent du monde entier et prenaient possession des boxes. Flicka, jeune jument de six ans avait voyagé dans le van, huit heures durant, depuis les Cévennes.

Elle avait déjà compris l'importance de ce que l'on attendait d'elle, et c'était un bonheur, pour la jument de donner tout ce qu'elle avait, comme pour chaque compétition de ce type.

Mais là, au Lion d'Angers, c'était bien différent… Elle angoissait déjà à l'idée du parcours de cross. Il avait été conçu pour le spectacle avant tout avec des obstacles magnifiques symbolisant toutes sortes d'objets et d'animaux fabriqués et pensés par des artistes…

Ainsi pêle-mêle, une araignée aux pattes géantes, une trompette, une chouette, un échiquier géant et le toit d'un chalet reconstitué sur lequel les chevaux devaient sauter de plusieurs mètres.

C'était l'un des parcours les plus difficiles au monde et de nombreux accidents mortels avaient endeuillé ce théâtre de verdure.

Le concours complet comportait trois épreuves, le saut d'obstacle, le dressage et le cross... Autant les deux premières étaient à peu près normalisées et conventionnelles, à ceci près que le niveau était particulièrement haut placé, autant le cross, l'ultime et troisième partie du concours, présentait des risques accidentogènes dont l'évaluation se situait autour de 5/10.

Les meilleurs cavaliers accompagnés des meilleures montures avaient répondu présents. Gagner le Mondial c'était un peu comme gagner Le Mans avec d'autres chevaux cachés sous le capot.

Flicka ressentait la fébrilité de ses congénères dans les boxes adjacents. Elle aimait cette sensation de compétition qui envoyait de l'adrénaline en paquet dans son cerveau et piaffait d'impatience à faire ses premiers pas sur le terrain.

Elle savait que la semaine serait entachée de difficultés en tous genres, mais elle était résolument combative. Surtout, ne pas se blesser sur le parcours de cross, l'épreuve qu'elle redoutait le plus. Les obstacles étaient fixes contrairement à ceux du saut d'obstacles.

De surcroit, ils étaient très hauts et dangereux, le moindre faux-pas pouvait être dévastateur. De spectaculaires accidents graves étaient survenus depuis la création de l'événement. Des drames qui coûtèrent la vie à quelques chevaux mais également des cavaliers émérites.

Le parcours dont le départ était donné à l'hippodrome, débutait par 5 obstacles avant de se diriger vers la rivière l'Oudon qu'elle empruntait sur 350 mètres. Il abordait alors les obstacles 6 et 7 et remontait vers l'est sur environ 200 mètres en montée… 3 obstacles achevaient cette première moitié du circuit.

Un petit galop sur les berges de la Mayenne ramenait les couples chevaux/cavaliers vers le château où un autre obstacle était installé avant qu'ils ne franchissent un petit ru extrait de la rivière, avec un premier obstacle dès la passerelle franchie. Puis 3 autres avant de retraverser le bras de rivière.

A cet endroit, Les chevaux montraient des signes de fatigue et la faiblesse commençait à se faire sentir. Pour combler l'ensemble, une côte à couper les jambes ramenait la suite du parcours vers l'intérieur du parc avec 2 obstacles au point culminant dont l'araignée géante.

La fin du parcours approchait, avec 400 mètres en descente séparée d'un obstacle, où les montures pouvaient souffler un peu. Ensuite le feu d'artifice commençait…

7 obstacles d'affilés se succédaient sur 500 mètres avant la ligne d'arrivée, dont le très haut saut du toit du chalet, véritable endroit spectaculaire qui se rapprochait des effets spéciaux d'un très bon James Bond…

Deux concurrents se préparaient à partir devant Flicka. Elle sentait Nicolas sur son dos fébrile. Tout avait été bien préparé, la selle était ajustée sans trop la serrer. Le mors Pelham à canon brisé était réservé aux grandes compétitions et serait utilisé avec beaucoup de douceur, car il était réputé pour être assez puissant pour la bouche des chevaux. Nicolas l'utilisait surtout à des fins directrices précises avec ses quatre rênes d'appuis.

Le concurrent précédent partit au galop, il ne restait que deux minutes avant qu'elle ne décolle à son tour. Elle avait fait le vide... Le parcours avait été repéré la veille. Les difficultés bien ancrées dans son esprit...

Elle ferait de son mieux, faire plaisir à Nicolas faisait parti de sa vie. Elle souffrirait, c'était aussi acquis, mais elle donnerait toute son énergie tout en s'économisant aux endroits stratégiques...

La cloche retentit et le chrono fut déclenché ! Flicka s'élança comme une fusée. Surtout ne pas faire d'erreurs... La première partie du parcours se déroula sans encombre. Régulière sur ses chronos, Nicolas la maintenait dans la meilleure des trajectoires. Elle obéissait à la perfection aux ordres.

La fatigue se fit sentir dès les premières côtes. Elle savait que le circuit avait été conçu pour mettre à mal le physique, aussi elle résista et repris même une vigueur insoupçonnée qu'elle puisa tout au fond de son mental.

Cette force était en elle, un moral en acier ramenait de l'adrénaline et de la puissance de propulsion pour le deuxième tiers de la compétition...

Elle pensait à la fusion que le cavalier attendait d'elle, alors elle s'accrochait à cette idée et fonçait le plus possible vers une victoire potentielle...

Elle savait qu'elle n'aurait pas droit à deux essais... L'écume coulait de sa bouche et sa robe pommelée luisait au soleil d'octobre, de sueur bénéfique. Son corps était devenu une machine de guerre aux accents mécaniques. Ses sabots, bien affûtés poussaient l'équipage à chaque foulée.

Plus que quatre obstacles à franchir avant la délivrance, Flicka voyait le bout du tunnel et le plus dur était fait… Elle s'appliqua pour les passer avec aisance…

Lorsque le dernier fut avalé, la victoire était au bout des naseaux… La dernière cinquantaine de mètres devant elle, se profilait… Alors dans de derniers coups de reins, elle voulu accélérer encore…

Mais ses antérieurs flanchèrent par trop d'efforts… Les muscles ne répondirent plus et elle s'écroula de fatigue à vingt mètres de la ligne entrainant Nicolas rouler dans l'herbe.

Il se releva et couru aussitôt vers Flicka qui le regardait à terre d'un œil déçu plein de chagrin. La jument était exténuée et commençait à souffrir d'hypoxie… Nicolas inquiet, se précipita vers elle en lui maintenant l'encolure afin qu'elle puisse mieux respirer …

Il la calma gentiment, ses mots très doux chuchotés à son oreille la rassurèrent… Il la félicitait pour son exploit exemplaire sur ce parcours aussi difficile qu'était le cross du mondial du Lion d'Angers.

L'important n'était pas de gagner à tout prix, il résidait juste dans le sens premier des compétitions de ce type. Être dans les meilleurs… Flicka le lui avait démontré et c'était bien là l'essentiel !

Le Cerveau en question !

Oublions ce que l'on est réellement, faisons abstraction à tout. Notre cerveau enregistre l'ensemble de nos pensées... Est-ce un formidable allié ou au contraire une arme contre nous-même ?

Aujourd'hui, nous allons étudier un truc très emmerdant ! Le machin qui nous sert de cervelle tout là haut !

Réfléchissons ensemble voulez-vous ? Nous sommes nés avec cet organe dans la tête... Celui qui nous fait réfléchir, celui qui nous donne un raisonnement depuis le début de notre vie.

Que savons-nous de lui ? Nous aide-t-il à être meilleur ou plus con ? Chacun guide sa voie vers ce qu'il estime en être une bonne ! Mais est-ce le cas ? Du moins, est-ce que l'homme avec un grand H est capable de déterminer une position précise dans sa vie ?

Je vous répondrai que NON ! Et vous me direz que j'ai tort à juste raison. Je vous proposerai alors de développer le sujet. Non qu'il m'enchante, mais cela permettrait pour certains d'y voir plus clair en eux.

Je vous l'avoue, c'est un sujet hautement philosophique qui ne plaira pas forcément, mais dont je me dois de l'évoquer puisqu'on est ami. Enfin parait-t-il ! (car parfois ça s'évapore rapidement aussi).

Ah oui, j'ai oublié de vous parler des connexions ensemble. Celles qui amènent des vibrations, des sentiments et toutes sortes de choses impalpables et qui sont impressionnantes de vérité.

Et bien tout ceci provient de ce putain d'organe méconnu qui règne en maitre derrière nos os crâniens.

Longtemps, les hommes et les femmes ont cru que les sensations venaient du cœur, mais ce sont des balivernes évidemment.

Disons que ce cœur alimente par ses pulsations et son rythme notre corps qui donne la vie à cette cervelle qui est notre moteur. Celle qui engrange nos pensées, cette source inépuisable qui fait de notre vie, ce qu'on est !

Je vous laisse sur cette idée ou je continue ?

Voyez-vous, à chaque âge de la vie, une perception se déroule. Ensuite peu importe le sens ou la direction qui sera unique pour chacun d'entre nous…

L'essentiel sera toujours de se retrouver à la place qu'on aura choisie et point barre !

Vous ! Mes lectrices et lecteurs qui me suivez, et qui me lisez, que ressentez-vous dans ces lectures spontanées ?

Je suis sûr et persuadé qu'à travers mes lignes, vous avez une certaine idée de la psychologie qui se dégage derrière l'auteur que je suis, et ce n'est pas forcément fait pour me déplaire !

Et moi ? Que dois-je penser de chacun d'entre-vous ?

Le Dernier chapitre !

La vieillesse est sans doute le dernier chapitre de la vie et en se sens, il s'approche d'une certaine agilité à comprendre l'être humain.

Ainsi la petite Cassandre, toute pleine de vie rafraichissante avec un avenir tout tracé devant elle, se confiait à Pierre, ami très proche de son père.

Enjouée lorsque celui-ci se présenta à la porte d'entrée, elle rayonnait d'une joie de vivre non dissimulée, dont son père avait l'habitude. Cassandre était seulement âgée de douze ans et elle tenait un discours surprenant pour une adolescente de son âge.

Élevée la plupart du temps chez sa mère, elle avait su créer ses repères avec son papa qui lui témoignait un amour infini également.

Elle grandissait dans un climat de confiance et son esprit vif était alimenté par ses deux parents, dont les sorties quotidiennes qu'organisaient son père lorsqu'il l'avait près de lui.

Pierre entreprit bien malgré lui, un début de discussion avec la petite qui lui répondit instantanément. Pourtant cet homme blessé par la vie avait du mal à se positionner face à l'insouciance des enfants qu'il haïssait profondément. Ou tout au moins, dont les évolutions lui étaient indifférentes. Jamais il ne s'en préoccupait et il n'intervenait aucunement dans les discussions liées à l'éducation que les parents leur fournissaient.

Et puis un jour, il se retrouva seul avec Cassandre. C'était un midi et une conversation s'engagea avec elle. Ils parlèrent de l'avenir. De son avenir à elle et comment elle imaginait le sien…

Du haut de ses douze ans, sans le moindre scrupule et sans le moindre doute sur ses capacités, elle regarda Pierre dans le blanc des yeux et lui affirma qu'elle serait comédienne un jour.

Son regard brillait de mille feux, sa voix était claire et l'on sentait à travers son corps cette soif de réussite caractérisée par la passion. Pierre de son côté avait bien capté son univers et la discussion se poursuivit entre eux deux dans un échange intense tellement puissant qu'il eut le vertige d'entendre autant d'idées précises sortant de la bouche d'une enfant de son âge.

Véritablement, elle était surdouée. Elle possédait la maturité d'une jeune femme dix ans plus âgée et était possédée par une capacité à exploser tous les obstacles qui se présenteraient devant elle.

Une véritable force humaine que cette Cassandre ! Pierre lui même n'en revenait pas. La réflexion ne suffisait pas à expliquer le ressenti du vieil homme mûr face à cette jeunesse pleine de certitudes.

Alors sa sagesse, vint à son secours… Il avait bien saisi les souhaits de Cassandre et à l'aide de son expérience de vie, ponctué de mots très rassurants, il ne pu qu'encourager la jeune fille à poursuivre ses choix vers la direction de vie d'artiste qu'elle s'était fixée au départ.

Cette conversation peu banale avait ébranlé le vieil homme, finalement il n'avait jamais eut dans sa vie des échanges aussi profonds avec de jeunes enfants…

Au fond de lui-même, il regrettait sans doute de n'avoir pas su peut-être interpréter, bien avant, par d'autres enfants (le sien en particulier), les signaux immenses que lui avait envoyé Cassandre ce jour là !

Mais il était maintenant bien tard ! Tout ce qu'il souhaita ce jour là ! C'était de la voir rayonner sur une scène ou sur grand écran, une petite dizaine d'années après…

La question était dorénavant posée, serait-il encore là pour l'applaudir ?

Un aller simple !

Paul, par la force des choses avait tout lâché… La lassitude de son existence l'avait envahi vers son quarante cinquième anniversaire.

Il était résolument attaché à combattre toute cette société de consommation où l'argent mène la danse. Où la possession de biens devient plus importante que la réalisation des rêves et où la finalité n'exerce qu'une sorte de paradis artificiel…

Il lui restait en poche que quelques économies qu'il mit à profit pour s'acheter un billet d'avion aller simple vers Lusaka en Zambie. Pourquoi donc cette région ? Même Paul était bien incapable d'y répondre.

Il souhaitait juste partir loin et très loin du conformisme général ambiant. Il retrouverait ainsi en Afrique, le goût du minimalisme absolu. Du moins c'était le fond de sa pensée, lorsqu'il prépara sa valise…

Sa vie morose ne le passionnait plus réellement, il souhaitait être baigné d'un peu de solitude et respirer l'odeur de ce monde inconnu bien loin de son univers glauque et aseptisé.

C'était une volonté et non une contrainte. Il avait connu des années de gloire dans sa vie et désormais cela faisait partie du passé. Son souhait était tourné vers la découverte et l'apprentissage de sa propre personne et non des conventions ou des jugements que les autres exerçaient sur lui.

Il devait se retrouver à une place bien définie dans un monde qui ne jurait que par l'apparence physique sans se préoccuper de l'intellect et du mental de chacun… Il avait bien pris conscience de l'importance de ce qu'il renvoyait par l'image de lui-même.

Il ne contrôlait plus rien de sa vie et il se demandait bien comment il pouvait la changer en un meilleur karma ! La réponse à sa question fut aussi sèche que terrible dans son esprit éclairé !

Voir d'autres horizons allait faire partie intégrante de ses préoccupations du moment. Il avait prit modèle sur l'une de ses connaissances qui souhaitait tout quitter pour l'ile de la Réunion, alors pourquoi pas lui ?

Il ne fut pas déçu en foulant pour la première fois de sa vie cette terre inconnue et presque vierge. Son esprit partit à la dérive quelques siècles en arrière.

Ce qui le marqua le plus, ce fut l'humanité témoignée par une peuplade aussi pauvre que lui. Leur richesse se manifestait dans l'accueil qu'il reçu…

Le seul lien qu'il garda du monde moderne, c'était une seule et unique musique chargée dans son Iphone. Cette musique le faisait vibrer. Une symphonie qui se mettait en phase avec son âme.

Pourquoi celle-ci en particulier ? C'était exactement calqué sur sa destination improvisée, il ne le savait pas mais cela correspondait parfaitement à ses pensées du moment.

Lorsqu'il se trouva devant les chutes Victoria, cette symphonie prit tout son sens. L'immensité de cette nature sauvage l'avait totalement envouté et bouleversé, il fut littéralement sous le charme de ce paysage où tous les adjectifs de la langue Française réunis ne pouvaient rivaliser face à la splendeur qui se présentait à lui…

Comment décrire ce lieu unique au monde dont les yeux de Paul profitaient sur 360° ?

Son sens profond de réflexion s'enquit de cette Terre si belle qui s'offrait à son regard, dans sa plus grande nudité et sans aucun tabou. Les chutes de plus de cent mètres déversaient des tonnes d'eau du fleuve Zambèze vers le Zimbabwe dont il marquait la frontière…

Jamais un spectacle aussi pur et véritable, de surcroit naturel ne lui était parvenu dans la vie. Il se trouva tout petit et tellement impuissant face au gigantisme que lui renvoyait cet endroit inaccessible pour le plus commun des mortels.

La musique embarquée d'Hans Zimmer, du film Interstellar tombait fort à propos sur les images qu'il percevait devant lui… Que tous les effets 3D, 4K Dolby et compagnie ainsi que technologiques ne pourraient jamais remplacer…

Il comprit alors que vivre l'Afrique c'était le plus beau cadeau qu'il avait pu s'offrir dans la vie ! Il ne s'agissait pas de la voir à travers des reportages… L'aventure était tellement différente réellement à vivre "en live".

Il leva les bras au ciel devant le nuage de particules d'eau qui l'aspergeait de toutes parts ! Trempé jusqu'aux os, il respirait l'Afrique profondément et sa vie entière n'en fut que changée à jamais !

Le voisin Noir & Blanc !

Louise finissait son travail à l'hôpital vers 17 heures chaque jour. Elle avait hâte de rejoindre son chat et pressait le pas... En ce mois de mai, la couleur du ciel bleu donnait le ton sur la soirée qui s'annonçait tranquille.

En arrivant chez elle, son regard fut attiré par deux yeux qui l'observait sur le trottoir d'en face. Les deux pattes avant adossées au mur, le jeune setter Anglais plein de curiosité aimait à voir l'activité de la rue bien qu'elle ne fut pas très fréquentée.

Alors voir une tête sympa de temps en temps n'était pas pour lui déplaire. Louise de son côté avait un très grand penchant pour le règne animal. De ses différentes relations humaines, elle n'avait gardé qu'un sens profond de l'amitié. Son amour était plutôt réservé aux bêtes à poils, son chat rouquin en particulier.

Elle ne put s'empêcher de sourire devant ces deux yeux tous ronds masqués par son pelage noir qui le déguisait en véritable clown.

Ses deux yeux entourés de noir, le pauvre chien n'avait pas choisi de naitre ainsi, mais n'en voulait pas à ses parents puisqu'ils étaient semblables en tous points...

Cela lui donnait un air joueur et affectueux. D'ailleurs l'auteur de l'histoire me suggère d'indiquer qu'il connaissait bien le tempérament de cette race de chien de chasse, doux avec les humains, joueur et borné d'une puissance sans nom, puisque lui-même fut accompagné de nombreuses années de l'un d'entre eux.

Ah l'entêtement ! C'est vrai ! Mais nous pouvons aisément pardonner ce trait de caractère, n'est-ce pas ?

Pour le moment le setter regardait Louise avec des yeux de cocker. C'était aussi une caractéristique de ces chiens attachants que de nous faire craquer au premier regard. Alors que dire, que faire sinon sourire devant une telle puissance dans les yeux…

Parfois de son balcon, elle le voyait dans le jardin pentu d'en face et se prenait au jeu de l'observer de longues minutes. Après tout, n'était-ce pas une bonne thérapie à la morosité ambiante ?

Et puis un jour, les voisins en vacances chez les grands-parents rentrèrent chez eux entrainant le chien dans leur sillage. Néanmoins, ils passèrent leur rendre visite.

Elle le revit à de curieuses occasions très rares mais elle gardait des souvenirs impérissables de leurs échanges yeux dans les yeux… Et chaque fois des petits clins d'œil furent échangés entre Louise et le setter Hector.

L'albatros !

Depuis 41 jours Gwenn tournait en rond dans l'atlantique. Les batteries servant à alimenter les appareils électroniques avaient toutes rendu l'âme. Il aurait du réparer la boussole qui équipait le petit voilier.

Son insouciance, il la payait chère. Le seul moyen de se repérer était le soleil et les étoiles lorsqu'elles apparaissaient mais depuis 12 jours le ciel était bouché et le mauvais temps perdurait.

La semaine précédente il pensait suivre le bon cap pour rentrer en Vendée, puis des courants marins le firent dériver avant de toucher terre et la désorientation prit le pas dans son esprit, l'entrainant Dieu ne sais où.

Ainsi, il était complètement perdu en mer. Comble de malchance les vivres s'épuisaient à mesure que les jours passaient.

Un matin, un albatros fit son apparition dans le ciel et vint se poser tout en haut du mât principal. C'était déjà un signe du destin, une terre devait bien se trouver à proximité. A moins que cet oiseau ne soit venu dans l'unique but de se reposer quelques instants avant de continuer son voyage.

Il fallait à tout prix le garder à bord, pensa Gwenn. Il descendit vers sa cabine pour chercher de la nourriture. C'était un moyen parmi tant d'autres pour essayer de l'apprivoiser légèrement.

Quelques morceaux de pain rassis firent l'affaire, l'albatros rejoignit le pont et se laissa convaincre. Le marin se demandait bien comment cet oiseau, vivant habituellement sous le tropique du cancer, se trouvait si près des côtes Françaises. Bien évidemment, il n'eut aucune réponse à sa question.

Le grand oiseau blanc avala tous les quignons de pain goulument en battant de ses ailes démesurées. Puis il s'envola vers bâbord. Gwenn mis la barre vers cette direction tout en virant de bord… L'oiseau était déjà loin dans le ciel mais il revint juste avant que la nuit ne tombe.

Il passa la nuit perché en haut du mât et au petit jour, il reprit son envol avec quelques degrés d'écart toujours vers bâbord. Pendant quatre jours pleins il décollait au lever du soleil guidant ainsi le petit voilier et le marin Breton, il recalculait ainsi la route et le soir, Gwenn et l'albatros finissaient ensemble les dernières denrées comestibles.

Et au matin du cinquième jour, une terre fut enfin en vue, ce n'était pas la Vendée tant attendue, mais belle et bien la côte extrême ouest de l'Afrique du sud. Le bateau de Gwenn pris dans les courants et ayant fortement déviré, s'était dirigé vers le sud…

L'Albatros l'avait guidé vers la terre des hommes et s'en était allé vers l'océan, peut être pour sauver d'autres humains en perdition ?

Le fou !

Il avait tout essayé sans résultat. Rien n'y faisait, la volonté à elle seule n'était pas suffisante. Phoebus était dépité, son addiction au tabac était malheureusement plus forte que les patches à la nicotine, les sprays et les gommes sensés couper l'envie de fumer.

Sur les conseils de son médecin, il prit rendez-vous avec un hypnotiseur de la région, Mr Marteau. La consultation fixée le 19 janvier 2001, il s'y rendit sans grande conviction... Pourtant il sentit à travers les yeux du praticien quelque chose d'indéfinissable. Son regard avec ses épais sourcils étaient gênants, presque inquisiteurs.

Il s'installa dans le large fauteuil moelleux et la séance débuta. Il dut fermer les yeux et se focaliser sur la voix du maitre de cérémonie. Elle était grave et chaude. Ses mots étaient parfaitement bien détachés entrecoupés d'une respiration très lente...

Phoebus ne se vit pas partir dans son inconscient. Le temps s'arrêta et de drôles d'images circulaient dans son cerveau. C'était comme dans un rêve, il ne contrôlait rien. Son esprit était plongé comme dans du coton. Des images incohérentes se fixaient dans sa léthargie.

Lorsque le praticien eut fini sa séance, il engagea la procédure de réveil, mais Phoebus encore agité ne réagissait pas aux stimulations. Au bout d'une heure intensive, après avoir presque tout essayé, il fallait se rendre à l'évidence, rien ne ramenait Phoebus dans la vie réelle. Il s'était engoncé curieusement dans son monde invisible et n'en sortait pas.

Mr Marteau, n'avait encore jamais vu ça, il essaya un verre d'eau, la chaleur d'un sèche-cheveux, des cris dans ses oreilles, des pincements sur son bras… Rien, rien n'y faisait.

Il appela le Samu pour le faire évacuer sur l'hôpital le plus proche. Le médecin arrivé sur place prit ses constantes, Tout était régulier, tension artérielle, rythme cardiaque, pupilles légèrement dilatées. Il ne décela aucune anomalie. Il fut emmené au centre hospitalier dans la foulée.

Un peu plus tard, un IRM fut réalisé, là aussi le neurologue chargé de l'interprétation des imageries ne vit rien de particulier exceptée une petite zone d'activité intense dans le noyau cérébral.

Sa femme prévenue et affolée était arrivée pendant l'examen. Le diagnostic à cet instant n'était pas encore complet. Phoebus fut admis et rejoignit la chambre 304, elle signa les papiers nécessaires. Il resterait quelques jours afin que l'équipe médicale puisse comprendre la pathologie dont il souffrait.

Les jours suivant son hospitalisation, les premières agitations débutèrent, puis vinrent les cris… Des cris d'abord légers qui s'amplifièrent en des complaintes inhumaines… Il fut placé sous sédatifs qui devinrent de plus en plus puissants au fil du temps.

Il quitta l'hôpital le 15 mars 2001 et fut envoyé en hôpital psychiatrique, gavé de neuroleptiques à haute dose, dans une chambre capitonnée d'où les sons aigus ne pouvaient s'en échapper pour le bien être des locataires de l'étage. Les jours passaient et ils se transformèrent en mois, puis les mois en années.

En 2004, Phoebus fut attaché car ses convulsions arrachaient souvent la perfusion qui le nourrissait. Son cas était une énigme pour la science, tous les examens effectués se soldèrent par un échec total et aucun traitement ne fut trouvé pour le réveiller.

Les années passèrent encore, laissant le pauvre homme dans un état végétatif complet. Son état se dégradait, nous étions en 2018 et sa femme le quitta définitivement. D'autres IRM réalisés montraient une intense activité neurologique avec augmentation du rythme cardiaque.

Le 12 février 2020, son cœur lâcha en le libérant enfin, sa mort entraina avec lui le secret des visions et des cauchemars qu'il avait vécu durant 19 longues années de tortures mentales. Nul ne sut jamais ce qu'il voyait dans sa tête, ce fut un mystère.

La chambre fut libérée, un autre patient prit sa place et le monde continua à tourner plus ou moins rond.

Sans doute le tabac ne l'aurait pas tué aussi vite… Mais ça c'est une autre histoire…

Le trésor !

Les petites annonces étaient bien pauvres dans sa recherche. Ceci dit notre ami Arnaud ne se décourageait pas de trouver une perle rare sur internet.

Tous les jours, il arpentait la toile pour dénicher ce qui allait devenir le seul trésor qu'il posséderait sans le savoir encore.

Revenons quelques trente années auparavant. A cette époque, lors d'un séjour près de Rennes… à Hédé pour être plus précis entre Rennes et Saint Malo, Arnaud visita avec son père la grande vente organisée par la communauté Emmaüs…

Ayant déambulé sur le site, il fut attiré par cette chose accrochée au mur du fond de la pièce. Ce fut comme une révélation dans son esprit.

Cet acajou nervuré sur toute sa longueur de presque cinq mètres et ses fines courbes ne le lâchèrent plus dans sa vie.

Ce jour là, il regretta de ne pouvoir l'acquérir, faute de moyen de transport. Il le regarda une dernière fois avant de quitter les lieux, en se disant que jamais plus il ne reverrait une telle œuvre d'art de sa vie.

Sur le retour en voiture avec son père, il regardait par la fenêtre côté passager, pensif… Un manque bizarre fit son apparition. Pourquoi posséder un tel objet ? Aucune réponse à cela… Une histoire d'amour entre un homme et un bateau ? Pourquoi pas !

Quelques années plus tard, Arnaud ayant oublié mais néanmoins gardé en mémoire cet épisode, tomba par hasard sur une annonce sérieuse qui représentait le "canoë" de ses souvenirs.

Désormais, ce ne fut qu'une obsession majeure qui s'était verrouillée et forgée sur l'annonce en question. Pas vraiment matérialiste, il était vraiment attiré par quelque chose d'impalpable. Une sorte de symbiose qu'il se devait de réaliser.

Il revoyait l'image imprimée dans son cerveau trente ans plus tôt. Cette fois l'occasion ne se représenterait jamais plus, il fallait agir rapidement.

Il prit contact avec le propriétaire afin de l'acquérir au prix fixé, à Arcachon. Il fallait réfléchir rapidement au transport, mais Arnaud possédait une camionnette, dont il fallait équiper de barres de toit. La longueur du canoë de 4 mètres 80 dépassait évidemment la disponibilité à l'intérieur du véhicule.

Lorsqu'une idée fixe n'a pas de limite, on trouve toujours une solution. Arnaud le voulait à tout prix et un autre obstacle vint contrer ses projets. Il fallait le placer en hivernage dans sa maison, mais où ? Car il était hors de question de le mettre au garage.

De plus, un si bel objet servirait de déco l'hiver et d'aventure l'été. Une seconde vie pour le canoë qui s'ennuyait au fond d'un hangar poussiéreux d'un club nautique.

Alors, il s'employa à mesurer, couloir et pièce de vie afin d'offrir à ses yeux le meilleur emplacement possible entre lui et sa pièce de bois inerte, car il fallait que les deux soient en phase. L'osmose s'était créée à distance déjà.

Arnaud avait préparé le plus soyeux des petits nids à l'aide de poulies de marine et de cordage de chanvre à l'ancienne, pour le hisser à la place qu'il méritait. C'est à dire près des yeux et près du cœur.

Si cette histoire s'arrêtait ainsi, cela serait d'un banal mes pauvres amis. Alors poursuivons, voulez-vous…

Le destin parfois nous échappe mais nous rattrape toujours… Arrivé à destination, Arnaud échangea quelques mots avec le propriétaire lors de la transaction et fut très intéressé d'entendre qu'il connaissait parfaitement l'historique du canoë depuis sa construction.

Il avait été construit dans les années 40, pendant la guerre sur les bords du Loir (à ne pas confondre avec la Loire), à une quarantaine de kilomètres d'Angers dans un atelier de marine dont malgré ses recherches il ne sut en retrouver la trace.

Sidéré d'apprendre qu'il venait du Maine & Loire. Cela multiplia par cent le rapport avec ce bateau.

Ainsi, il était parti de très longues années s'expatrier sur le rivage bordelais vers l'océan…

Je ne sais pas pourquoi j'utilise un personnage pour raconter cette histoire qui est chère à mon cœur, puisque j'ai ramené ce beau canoë sur ses terres qui sont siennes et où il restera à jamais ! Ou pas…! Car il aime voyager et voir de nouveaux compagnons de route…l'espace d'un moment ou d'une vie entière.

Nous avons navigué longtemps ensemble avec Nelson mon fidèle labrador. Ce canoë est tellement bien conçu qu'il bat à plate couture tous les jouets en plastique. Un peu comme une formule 1, face aux véhicules modernes.

Ce dont je suis sûr, c'est que les bateaux ont une âme et peu importe qui les possèderont par la suite, un aimant est en eux et les dirigeront toujours vers leur point d'origine.

On leur donne de l'eau pour naviguer, ils savent donner le meilleur d'eux même. Sommes-nous aimantés tout pareil ?

J'en suis persuadé dès que l'amour s'en mêle ! Il suffit d'y croire…

Derrière l'écran…

Les vrais amis, comment les reconnaître dans la masse de nos connaissances ? Une question à laquelle chacun devrait y penser !

Et oui, ça commence mal ! Et bien moi, je dirai au contraire qu'il y a des personnes sur cette terre qui sont immensément riches de connaissances, riches de partage et aussi riches dans leur esprit…

Ce sont des personnes souvent insignifiantes, cachées dans l'ombre, dont on ne soupçonne aucunement leur existence. Elles écoutent, elles scrutent, elles observent puis elles analysent, décortiquent les pensées et ainsi finissent par connaître celui ou celle qui croit se cacher derrière un écran.

Les individus malsains sont bien vite démasqués mais combien sont t-ils à trainer sur la toile qui pourrait être tant bienfaitrice ? Et à pourrir la vie des gens honnêtes ?

Je ne suis pas le seul à penser cela certainement. Dans toute société, il existe un vilain petit canard qui mettra la basse-cour en ébullition.

Alors quoi en penser ? Pour ma part, je préfère m'intéresser aux personnes bienveillantes et méritantes… Et elles sont nombreuses, croyez-moi !

Cette petite histoire courte leur est adressée et nul besoin de citer leur nom, car elles se reconnaitront sans aucun soucis…

Ce sont bien souvent, des personnes humbles et tout aussi dans l'ombre qui sont présentes sans être envahissantes, mais tellement chères à mon cœur.

Et pourtant, certains ne jurent que par le présentiel opposé au virtuel. Je vous affirme que pour moi (évidemment c'est très personnel et sans doute très rare), les plus belles personnes de ma vie, sont toutes issues du web et bien au delà de ma propre famille.

Facebook me les a fait rencontrer, elles me suivent pour certaines, parfois elles commentent, souvent elles mettent des likes en toute discrétion. Je pense à chacun ou chacune à chaque fois que je ressens une présence de l'un ou l'une d'entre vous

Ce petit message d'affection que j'ai envers vous est nécessaire pour tout le bien-être que j'ai reçu en échange à vous connaître et je vous dois bien un tel hommage.

Ces échanges ont toujours été enrichissants dans ma vie et c'est un vrai bonheur de vous avoir à mes côtés.

Les réseaux sociaux ont du bon et du mauvais, essayons d'emmener tout cela vers le haut et non dans le pire ! C'est à chacun d'y veiller. N'oubliez jamais ça….

Dans une brume légère...

C'était un bel après-midi d'été, la chaleur persistait depuis quelques jours et Valentin suffocant dans son petit deux pièces eut la bonne idée d'appeler sa bonne amie Héloise afin de lui proposer une promenade en barque bucolique sur le Layon

La journée était bien entamée et il ne fallait pas traîner pour profiter des derniers rayons du soleil avant qu'il ne disparaisse derrière les collines Angevines.

Valentin, jeune homme de son époque, éduqué dans la plus pure tradition des années 1960, arborait un petit pantalon de flanelle grise assorti d'une chemise blanche et d'une fine cravate noire. Ses longs cheveux blonds s'imbriquaient parfaitement sur son visage angélique et ses grands yeux azur.

Il s'empara des clés de la belle Delahaye 235 coupé que son père lui prêta volontiers. Le gros V6 rugit en sortant du garage et il prit la direction du centre ville d'Angers afin d'aller quérir sa belle. Elle l'attendrait au carrefour du haras comme d'habitude et ils descendraient alors le boulevard du château en direction des bords de Loire.

A l'heure comme prévu, le belle Héloise s'était attachée les cheveux en un chignon sévère et portait une petite robe d'été en tissu Vichy blanche et rose. A l'aide de ses ballerines souples, elle sautilla comme un cabri et s'engouffra dans l'auto à peine arrêtée aux feux du carrefour.

En une petite heure de route à peine, ils arrivèrent à St Aubin de Luigné et garèrent le véhicule au parking. Le lieu était assez fréquenté à l'époque, les riverains profitaient du bord de l'eau pour pique-niquer en famille. Se frayant un passage pour accéder au petit guichet, Valentin fit l'acquisition d'une barque pour trois heures en location.

Numérotée, il n'eut aucun mal à la trouver et fit embarquer Héloise en tenant le bateau serré près de la berge par sa chaine d'attache, puis prit place à son tour en tout homme doué de galanterie extrême.

L'embarcation quitta le bord et se dirigea au beau milieu de la rivière grâce à l'impulsion qu'avait donné le pied de Valentin en quittant le bord. Il s'installa dos au sens de navigation et face à Héloise qui le regardait en souriant assise sur le banc de bois.

Le soleil s'était voilé et la chaleur caniculaire était beaucoup plus supportable. Ils conversèrent longuement tous les deux pendant que Valentin ramait doucement. Ils croisèrent quelques barques sur la rivière, l'ambiance était bon enfant, ils se saluaient au passage.

Le bateau glissait sur l'eau, ils passèrent sous un petit pont de pierre et crièrent des "ouh ouh", afin d'en entendre l'écho renvoyé sous l'arche. Ils rirent aux éclats. Un héron cendré les suivait de loin, s'arrêtant souvent pour pêcher.

Deux heures étaient déjà passées, et le jour déclinait. Valentin voulait profiter au maximum de l'après-midi avec son amie et n'avait pas vraiment regardé sa montre à gousset... Héloise de son côté s'était laissée bercer par le doux clapotement de la coque en bois agrémenté de la voix enjouée de Valentin.

Il décida de faire demi-tour et règlerait le dépassement horaire en arrivant. Sur la rivière, quelques nappes de brumes avaient fait leur apparition et l'ambiance générale s'était apaisée. Au bout d'un moment il n'y avait plus âme qui vive. Le soleil avait pratiquement disparu et la brume avait envahi l'endroit au point qu'il ne distinguait presque plus les rives. En l'espace de quinze minutes, la peur envahi rapidement les deux jeunes gens… Ils n'arrivaient plus à se repérer.

La brume montait des eaux comme si elles avaient été chauffées par une grande cuisinière en son sous-sol. Les dernières irisations visibles dans le soleil couchant apportaient encore quelques couleurs chaudes dans la nuit qui allait bientôt se profiler.

Valentin accéléra la cadence voyant le sourire d'Héloise qui avait subitement disparu pour laisser place à une sorte d'inquiétude. Ses yeux habituellement empreints d'une grande douceur se commuèrent en une anxiété largement visible.

Quelques minutes plus tard, ils furent isolés au beau milieu d'un brouillard épais. Valentin rama pendant des heures sans jamais accoster nulle part. La nuit fit son apparition et enveloppa tout cet univers à la manière d'un gros édredon cotonneux.

Ce curieux brouillard phosphorescent légèrement teinté de vert se mirait dans l'eau à proximité. Isolés dans la barque, Valentin et Héloise cherchaient des idées pour échapper à cet univers glauque et rejoindre la terre ferme au plus vite. Hélas, il n'y avait que très peu d'options possibles.

Seule la lune présente renvoyait ses rayons à la surface de l'eau au calme parfait sur les petites vaguelettes que créait la brise. Valentin était fatigué et Héloise grelottait assise sur son banc. Il vint tout près d'elle, il l'enlaça et ils somnolèrent pendant de longues heures.

Au petit matin, frigorifiés, l'univers autour d'eux avait radicalement changé, la brume s'estompait en même temps que le soleil se levait dans leur dos. Un couple de cygnes naviguait non loin. Le paysage ne correspondait plus à la petite rivière tranquille du Maine & Loire…

Ils se trouvaient à présent au milieu d'un grand lac. Des montagnes entouraient le plan d'eau et la brume s'était rapidement dissipée… Au dessus d'eux le soleil avait retrouvé sa position initiale.

Un frisson les parcourut lorsqu'ils accostèrent enfin. Perdus au milieu de nulle part et entourés de neiges éternelles, ils abandonnèrent l'embarcation au bord du lac, empruntèrent un chemin descendant dans la vallée espérant trouver du réconfort avec la première personne rencontrée. Ils demandèrent la route pour la gare la plus proche…

La surprise fut de taille lorsque le vieil homme au teint buriné leur répondit en agitant ses mains… Mais surtout en Italien !

Vol au dessus des dunes…

Cette histoire se déroula en 1927 au dessus du Sahara. Raymond Vannier connaissait quelques soucis avec son Breguet 14. Celui-ci crachait de l'huile et c'était bien mauvais signe. Ses lunettes commençaient à être souillées, il devait atterrir au plus vite… Seulement le paysage au-dessous ne présageait rien de bon.

Des dunes à perte de vue, jusqu'à l'horizon empêchaient l'avion de se poser correctement. Il devait anticiper néanmoins un atterrissage en urgence, le moteur ne tiendrait pas le coup. Il dut improviser…

Il scrutait en tous sens l'endroit le plus favorable, une zone à peu près plate ferait l'affaire… Quelques pierres affleuraient gage d'un sol plutôt stable à 500 mètres de là… Seulement, la longueur posait un léger problème, s'il dépassait ne serait-ce que de quelques mètres, il se retrouverait au sommet d'une des plus hautes dunes de la région.

Il fit un grand tour dans le ciel azur tout en descente pour s'axer face au début du semblant de piste. Des mouvements précis et sûrs imprimés sur le manche obligèrent le monomoteur à piquer le nez fortement et il redressa d'un mouvement sec juste avant que les roues ne touchent le sol…

Les cahots se firent sentir, le Breguet sautillait sur les nombreuses pierres et un pneu finit par éclater… C'était très mal engagé… il devait compenser à gauche pour rester en ligne… L'avion ralentit et s'engagea sur une petite côte de sable qui le freina puis termina sa course au sommet de la dune comme il l'avait prédit.

Il n'y avait pas trop de casse mis à part le pneu crevé. Il arrêta le moteur. Maintenant, il fallait déceler d'où venait la fuite. Les pilotes de l'Aéropostale étaient tous formés à la mécanique pour leur survie lors d'épisodes malheureux comme celui-ci, qui pouvaient survenir pendant les longues traversées.

La panne fut vite réparée, elle provenait d'une durite percée qui fut colmatée à l'aide de chatterton provisoirement pour la fin du voyage en attendant son remplacement à l'escale suivante. Il rajouta l'huile manquante. Inspecta l'avion, les commandes de vol... Aucune autre avarie sérieuse n'avait été détectée.

Il pouvait repartir mais du faire face à l'autre problème, celle du pneu... Il l'inspecta et malheureusement celui-ci présentait une déchirure sur trente centimètres... Ce qui rendait inexploitable une réparation par d'éventuelles rustines.

Il observa les lieux attentivement puis retourna voir ce qu'il pourrait trouver dans le cockpit de l'appareil. Il fallait réfléchir rapidement pour ne pas rester bloqué sur place et trouver une solution. Le maudit pneu crevé l'empêchait de reprendre les airs en retournant le vieux zinc vers la pseudo piste.

Une étincelle de génie vint alors frapper son esprit d'un coup... C'était risqué mais jouable. Il endossa le costume de Mac Gyver avant l'heure. Il poussa l'avion de quelques mètres... Munit d'un cric il leva un côté de l'appareil, sortit les deux petites planches qu'il avait repéré au fond de la carlingue.

Puis il démonta deux des câbles d'acier de renfort du biplan. Il s'en servit pour attacher et arquer légèrement le bout des planches sous les roues. Il fit de même de l'autre côté... Inspecta l'ensemble et mit le contact. Il lança l'hélice... Accéléra la machine vers la pente de sable...

Les skis improvisés remplirent leur rôle à la perfection... Le bel oiseau s'élança à pleine vitesse en glissant le long de la descente, sur le sable et lorsqu'il tira sur le manche au deux-tiers de la pente, l'avion décolla sans aucune difficulté...

Dans l'effort, il perdit les deux planches qu'il avait accroché, mais voyons... Des skis sur la plage de Dakar n'auraient-ils pas été malvenus ?

De sang et de boue…

Le ferry de 10h30 accosta à Douvres, ce 28 aout 1918. Elle posa enfin le pied sur le sol Anglais, depuis tout ce temps passé en France. Amy Duncan rentrait du front, épuisée par tant de mois passés dans la boue et le sang…

Pourtant, elle aurait dû intégrer la prestigieuse université d'Oxford à cette époque, mais le destin en avait décidé autrement.

Elle avait perdu tous les hommes de sa vie en quatre années d'une guerre inhumaine. Son amour de jeunesse qui l'avait demandée en mariage durant une permission, enseveli par un obus dans une tranchée, son frère tant aimé, gazé à la moutarde ainsi que deux amis d'enfance… Aucun d'entre eux, n'avait survécu.

S'étant engagée dans la Croix Rouge en qualité d'infirmière au milieu de la guerre pour être au plus près des combats et ainsi porter secours par engagement humain envers ses proches, elle s'aperçue très vite que la bataille qu'elle livrait allait être inégale.

Les blessés arrivaient des tranchées par vagues successives. Les pauvres infirmières étaient très souvent dépassées. Les hommes déchiquetés en tous sens, leur tâche se résolvait bien souvent à les accompagner le plus en douceur possible dans la mort dont ils ne pouvaient en réchapper, par manque de moyens matériels et de connaissances médicales pour l'époque.

Elles travaillaient dans la promiscuité, dans le froid, la boue constante, et la crasse. Comment aseptiser au maximum les lieux était venu une obsession journalière. En peu de temps l'hôpital de campagne était devenu une colonie de rats vaquant à sauver d'autres rats blessés et mourants pour la plupart.

Leurs vêtements puaient la sueur par les heures de travail sans fin, toujours à courir dans tous les sens. Le sang se coagulait dessus et respirait la mort mais il fallait tenir coûte que coûte auprès de ces jeunes hommes qui luttaient tous pour survivre et voir de près le soleil se lever dans une vie si lointaine pour tous.

Amy fut très courageuse et combative pendant ces trois années où elle dû lutter contre elle-même afin de ne jamais abandonner… dans cet univers qui n'était pas le sien, ni celui de quiconque d'ailleurs… Il se rapprochait plus de l'enfer sur Terre que d'un lieu de santé…

Voyant l'état de désarroi dans lequel elle naviguait depuis des mois, le médecin-chef lui ordonna de rentrer à Londres en aout 1918, peu de temps avant l'armistice qui se dessinait au loin.

Elle fut rapatriée dans un camion médical en compagnie de trois blessés graves sur Paris. Elle prodigua les derniers soins aux malheureux pendant le voyage…

Elle arriva finalement au 24, Failord Street avec sa petite valise et ses souvenirs d'hécatombes dans la tête. Elle fut accueillie par sa mère qui illustrait sa dépression en la voyant, toute triste sur le perron.

En effet, la splendide demeure qu'ils avaient habité quelques années auparavant, n'était plus que l'ombre d'elle-même. Mme Duncan avait été obligée de licencier tout le personnel de maison… de plus les rations et restrictions ne convenaient plus à son mode de vie malgré son embonpoint et pour elle, c'était la pire tragédie de son existence.

Amy, accusa réception de sa douleur. Comparée à la sienne, il était bien évident qu'elle la dépassait largement. Quelle ironie du sort…

Après s'être reposée quelques jours Amy aida sa mère au ménage et à l'intendance de la somptueuse demeure qui avait bien plus de valeur que toutes les vies humaines qu'elle croisa pendant ces dernières quatre années d'horreur. Sa joie de vivre disparue subitement et son visage se ferma à jamais…

Amy devint silencieuse, absente, réveillée chaque nuit par les cris de ces soldats, hurlant de douleur, et découpés en morceau dans la nuit noire de ses cauchemars…

Alors pour s'apaiser un peu, elle alla un jour dans les marécages bordant la Tamise et s'allongea de tout son long dans la boue puis plongea ses mains dans le cloaque nauséabond et se maquilla le visage avec…comme pour conjurer le sort afin que jamais plus cela ne puisse exister un jour !

Elle s'agenouilla et pria en silence, les yeux fermés, ses deux mains boueuses jointes…

Le dernier espoir …

Abelia, se retournait en silence, le dos courbé par la douleur. Elle regardait haut dans le ciel et clignait des yeux en croisant le soleil brûlant des Antilles. A presque 58 ans, elle ne croyait plus en ses rêves de jeunesse.

En cette année de grâce 1786, cela faisait plus de quarante ans qu'Abelia travaillait 10 à 12 heures par jour dans la plantation sucrière. Tout son corps la faisait souffrir, du matin au réveil jusqu'au coucher du soleil.

Sa peau était brûlée et toute ridée et pourtant ses yeux noirs pétillaient encore. Les chaînes trainaient sur le sol et les fers marquaient ses chevilles… Mais le plus dur était de supporter la chaleur brûlante que dégageait le soleil sur le métal à même sa peau. Le soir venu, libérée de ses chaînes, elle massait ses pieds endoloris.

Les journées étaient épuisantes. Son corps fatigué commençait à montrer des signes de fatigue, mais il fallait les combattre pour ne pas être sur la liste des "inaptes". La sentence aurait été bien pire que de supporter sa condition actuelle.

Les "inaptes", elle les voyait partir… mais ne jamais revenir… Oh, elle avait bien une idée de ce qu'ils devenaient mais n'osait y penser.

Lorsqu'elle apprit le plan d'évasion de César, un jeune homme du quatrième carreau situé à proximité de son rang, elle s'arrangea pour venir lui parler en toute discrétion.

Personne ne sut ce qu'elle lui avait dit, mais il était acté qu'il l'emmènerait avec lui.

L'opération eut lieu une nuit de pleine lune. La porte verrouillée de la cabane fut enfoncée sans bruit et Amelia profita du sommeil des occupants pour suivre César à l'extérieur.

Leur fuite se déroula comme prévu à travers les cannes à sucre, jusqu'à une plage où attendait un groupe d'hommes près d'une pirogue à balancier.

Amelia s'imprégna enfin de la liberté profonde… Elle avait un goût subtil… Un goût sucré-salé. Le froid de cette nuit là glissait sur sa peau cuivrée comme une couverture de soie…

Libre ! Elle était enfin libre et se retenait de crier sa joie au monde entier !!!

Le bateau chargé du groupe quitta la plage et s'élança à l'assaut des premières vagues du rivage… Puis, pris une direction plein sud… Guidé par la lune, les quatre hommes armés de pagaies, souquaient allégrement pendant quelques heures vers l'ile de sainte Lucie.

Des hommes vigoureux, aux biceps saillants et taillés pour l'aventure mais néanmoins payés pour l'occasion.

La frégate Discovery parée de toutes ses voiles attendait le groupe avant de lever l'ancre… C'était le dernier maillon avant de rejoindre la traversée de l'Atlantique vers l'Europe.

César avait gardé sur lui les 50 réal d'ocho d'or dans sa bourse de cuir pour garantir son assurance vie avant d'être embarqué. Cela ne suffisait pas pour Amelia qui devait renoncer si près du but…

Elle serait condamnée lourdement si jamais elle était reprise par les gardes armés… Un silence de réflexion de quelques secondes, s'installa entre le frêle esquif collé à la coque du grand voilier.

Alors César offrit sa chaine en or massif, son seul trésor et le dernier objet de valeur, qu'il détenait de sa grand-mère au capitaine contre une vie meurtrie. L'affaire fut conclue rapidement… L'homme et la femme âgée embarquèrent sur le Discovery, direction l'Espagne.

Ce goût d'une existence libérée de toute contrainte résonnait en eux avec une telle magnificence… Debout sur le pont, Amelia tenait son bienfaiteur par les épaules. Leurs yeux brillaient à travers l'horizon de l'océan.

Toutes ces années d'oppression défilaient dans leurs esprits mutuels. En silence, face à la mer… ils virent le soleil se lever transis de froid mais tellement réchauffés dans leurs âmes…

Restait la dernière question en suspend…

Comment César avait t-il pu financer cette opération ? Car il était impossible pour un esclave d'amasser autant de biens en si peu de temps.

Amelia se posa la question simplement… Sans en demander plus. Après tout, même si la liberté avait un coût énorme pour l'époque, César avait été assez intelligent pour le prendre à ses bourreaux, de ça elle en était persuadée.

La nuit suivante, condamnés à rester sur le pont… Elle vint poser sa tête contre le torse de César et pleura à chaudes larmes… Dans ses yeux brillait une myriade d'étoiles, le parfait reflet de ce qui passait au dessus de l'océan, juste au dessus d'elle… Mais il y avait bien aussi une autre étincelle provenant du cœur, lorsqu'elle se retourna vers lui…

César était bien son fils dont elle fut arrachée en partant à la Martinique… C'était tellement lointain, mais elle ne l'avait jamais oublié.

Il avait grandit loin d'elle et elle l'avait reconnu lorsqu'elle vint lui parler dans le quatrième carreau grâce au médaillon en or qu'il portait discrètement ce jour là…

Le cadeau de sa propre mère, fait à son petit fils de cinq ans, avait permit de la sauver des chaînes qui entravaient sa vie depuis plus de quarante longues années…

Ainsi, leurs vies ne faisaient que commencer… Avec beaucoup de retard certes, mais ne vaut-il pas mieux tard que jamais ?

Le Bonsai ...

Il regardait par la fenêtre, dans son petit pot décoré et émaillé dans des tons de bleus intenses. Le grand platane en face lui faisait de l'œil. Mais lui, détournait le regard... Sa minuscule silhouette, certes très bien proportionnée mais cependant miniaturisée lui rendait la vie impossible.

Tout d'abord, ses pieds étriqués dans ce petit chausson rond, lui faisaient mal. Cela faisait des années que cela perdurait. Mais il était au chaud contrairement à son grand frère à l'extérieur. Une bien piètre compensation vu le froid hivernal qui s'imposait.

Le platane avait tellement grelotté qu'il en avait perdu tous ses cheveux. Sa tête nue frigorifiée, retenait souvent le matin quelques notes de givre entre ses branches... Puis le soleil perçait et transformait en fines gouttelettes son teint blanchâtre, celles-ci ruisselaient à terre en s'asséchant.

Mais pour lui, sa vie oscillait par les soins capillaires de chaque instant afin de lui maintenir une coupe toujours impeccable... Au sol, aucun détritus ne subsistait plus d'une journée. Sa vie n'était faite que d'entretiens constants.

Tellement il aurait voulu être rebelle face à la volonté des hommes de le réduire ainsi à ce qu'il n'était pas. Contrecarrer des soins qui s'apparentaient plus à des tortures qu'à des bienfaits...

La vie n'était pas toujours rose au dehors et jamais, il n'aurait supporté ce climat si rigoureux. Le petit ficus devait se contenter d'être posé sur la table de la cuisine face à la fenêtre et observer ce qui l'entourait.

Fort heureusement, il y avait de la vie dans la maison ce qui égayait son existence et puis l'été, il avait loisir de s'expatrier à l'extérieur sur une petite table basse... Au moins il pouvait sentir la pluie bienfaitrice par moment, la chaleur du soleil perçant à travers un autre grand frère qui lui fournissait de l'ombre et le vent doux de l'été qui le rafraichissait lors des canicules d'été.

Il était heureux quand arrivait le printemps et qu'il sentait soulever son pot pour l'amener au jardin passer la saison estivale. Malheureusement tout avait une fin, et pendant six mois de l'année, il regagnait la cuisine, dans son petit coin de table, à respirer l'odeur des frites et des plats en sauces.

L'eau du robinet était son seul réconfort, lorsqu'il se plaignait d'avoir soif... L'hiver, il passait son temps à observer le platane majestueux qui trônait fièrement dans la rue...

Seulement, il se sentait si seul, sans véritables amis, dans sa petite vie si étriquée, si isolé dans son petit pot en céramique. L'amour de ses semblables aussi n'était pas pour lui. La pollinisation, il ne connaîtrait jamais. Et pourtant à presque soixante ans de vie, il aurait aimé savoir comment se produisait le plus merveilleux des sentiments essentiels.

Alors, il s'était bien résolu à mourir seul dans son petit pot, sans fleurs, ni couronne. Il attendait ainsi que la vie le quitte... Sans jamais manquer d'espoir, ce qui était paradoxal également.

Seulement, il était fatigué et il sentait bien ses feuilles le quitter une à une. Que pouvait-il espérer de meilleur ? Résister encore ? Tant que l'énergie serait-là, certainement…

Il n'avait pas le choix car il était né pour vivre le plus longtemps possible ! C'était le challenge même de ces petits arbres nains…

La joueuse d'échec...

La tour partait à l'attaque en C8 prête à affronter le Roi adverse qui se défendait bec et ongle face à l'adversité. Emma avait un dilemme sérieux face à ses deux Rois qui se disputaient sa couronne.

Son esprit torturé ne parvenait pas à résoudre l'équation, alors elle laissait aller les événements au jour le jour. Un éclair de génie lui vint en essayant d'apprendre rapidement les règles du jeu d'échec pour lui permettre de gravir idéalement et rapidement, la notion de stratégie, afin de pouvoir l'intégrer dans le reste de sa vie de femme.

Alors le Roi pourchassé se déplaça en E7, d'une case comme il est d'usage en se laissant poursuivre gentiment par la Reine qui le convoitait toujours. Toujours en échec, il sauta sur la case E6 que la Reine suivait case après case, afin de le contraindre à s'abandonner.

Ainsi, elle poursuivait sa partie, coup après coup... Emma avait bien appris les règles du jeu en un temps record. Le Roi s'enfuyant savait autant faire preuve de spontanéité que d'audace tout en laissant place à sa capture. Mais sans pour autant délaisser l'aventure de cette partie.

Le Roi des blancs par contre était à l'abri, bien gardé au chaud derrière la garde. Il regardait au loin la bataille engagée par sa Reine.

Le fou des noirs, pris la tour blanche en C8 et se replaça en contre pour sauver son roi en E6, si jamais il prenait l'option de cette case.

Puis vint le tour des cavaliers qui s'entretuèrent dans les cases F6 et F5. Ces trois chevaux périrent d'un coup allégeant le damier.

La partie de cache-cache continua inlassablement. La Reine s'amusait follement. Les pièces du jeu tombaient une à une. Le plateau se vidait insidieusement.

Aucun des deux adversaires ne lâchait d'une semelle, gardant son camp et son intégrité au maximum.

Dans l'esprit d'Emma, aucun combat n'existait entre les blancs et les noirs. Dans l'impossibilité de choisir un camp plus qu'un autre, le jeu se faisait et se défaisait selon son humeur et sa volonté. Elle avait acquis toutes les règles de la vie…

Après quelques heures, il ne restait que trois pièces sur le plateau, la Reine et le Roi blanc, face au roi Noir ! La partie fut déclarée nulle.

La vie d'Emma était ainsi faite, comme cette partie d'échec, qui contrairement à ce titre, n'en portait que le nom ! On ne pouvait aucunement parler d'échec puisqu'il n'y eu ce jour là aucun perdant ni aucun gagnant !

La vie d'Emma n'en fut pas changée vraiment car elle conserva ses deux Rois de cœur… Dans ce cas présent on ne parlera ni de Roi noir, ni de Roi blanc… La seule donnée pouvant changer cet état de fait restait encore la destinée et l'avenir…

Mais cela, nul n'était capable de le prédire… Et surtout pas ces pièces de bois. L'échiquier serait son terrain de jeu favori avec toutes les incertitudes du hasard…

Battle Game

Donovan, je ne vais pas te le répéter plusieurs fois, je t'ai dis A TABLE ! Criait la mère de l'adolescent à travers le couloir menant à la cuisine.

- J'arrive ! répondit le gamin pris dans son jeu vidéo…
- Mon fils va me rendre folle ! Elle hurlait encore…Dépêche-toi, merde à la fin !
- Ca va, t'as pas fini de crier comme ça ? J'arrive, je te dis… Lassé, il mit son jeu en pause et rejoignit sa mère.

Un silence de plomb fit son apparition lorsqu'il s'assit à table. Le plat de spaghetti refroidissait à sa place… Sa mère avait déjà dîné, l'assiette souillée de sauce tomate en attestait. Elle lui tournait le dos, les mains plongées dans l'évier en commençant la vaisselle du soir.

Donovan ne se fit pas prier pour avaler les pâtes en moins de cinq minutes à peine, puis il retourna dans sa chambre, sans un mot prononcé et remit la partie commencée.

Ça tirait dans tous les sens, à l'aide de son joystick, il se cachait derrière un mur, puis se découvrait à nouveau et tirait par rafales en essayant de viser juste. Les soldats à l'écran, tombèrent les uns après les autres…

Une heure plus tard, l'écran englobait en totalité son champ de vision tellement il en était imprégné… Il continuait sa progression face aux ennemis et conjurait le sort en tirant sur eux.

Soudain, il ressentit un choc à l'épaule gauche, il regarda son bras et constata avec horreur qu'il saignait. Il avait bien reçu une balle réelle cette fois... Mais comment était-ce possible ? Ce n'était qu'un jeu ?

Il se retourna vers le mur de sa chambre, celui-ci avait complètement disparu, à la place se trouvait la suite du décor de son jeu vidéo. Il avait été intégré et immergé dans la bataille...

Une sueur froide coula dans son dos, à partir de cet instant, ce n'était plus un écran face à lui, mais belle et bien la vie réelle et ses dangers. Il devrait maintenant défendre chèrement sa propre peau.

Les tirs continuaient de plus belle, inlassablement... Il se refugia derrière un mur, tremblant de tous ses membres. Il voulait ressortir à tout prix de cet enfer... Son esprit était en ébullition, incapable de bouger, tétanisé de frousse...

Ah, il était bien plus facile de tirer à travers un écran que d'affronter une telle violence et de tuer ses semblables, lui soufflait sa petite voix intérieure.

Combien, il aurait aimé rejoindre sa petite maman chérie et le confort douillet de sa chambre... Seulement, il n'en était plus question... Il fallait qu'il se batte vraiment pour sauver sa peau et ne pas se faire tuer. Ça ne rigolait pas en face, pour toute réponse, une grenade défensive vint rouler à ses pieds.

Au prix d'un immense courage, il dut s'en emparer et la jeter le plus loin possible. Elle explosa en plein ciel dans un bruit terrifiant.

Donovan se sentit si seul et abandonné, il transpirait à grosses gouttes. Il réfléchissait à toute vitesse, l'adrénaline se concentrait au maximum dans tout son corps…

Il n'attendait plus aucun secours, lorsqu'il sentit une main sur son épaule quelques heures après. Il pensa sa dernière heure arriver…

C'était sa douce maman qui venait le tirer de son sommeil, il s'était affalé sur le bureau de sa chambre… Joystick en main…

Vive la technologie moderne

Novembre 2021 - Andrew Fisher cadreur et grand reporter pour la BBC, finissait le réglage de sa caméra d'épaule avant d'entrer dans le hall N°8 de l'aéroport de Minsk.

Dans l'avion qui le menait à la capitale Biélorusse, il avait débriefé avec son collègue sur la situation des migrants refoulés à la frontière polonaise par la politique de l'Union Européenne qui établissait un bras de fer contre Loukachenko.

Mais les consignes étaient toutes autres que de s'intéresser à la politique. Leur reportage était sensé être axé sur le côté humanitaire et de montrer au monde entier, les premières images des migrants rapatriés vers leurs pays d'origine après des semaines d'errance dans les forêts proches de la frontière Polonaise par des températures glaciales.

Les jours précédents, l'armée Polonaise avait usé de canons à eau pour repousser les pauvres apatrides rajoutant du froid dans leurs âmes si durement touchées par des conflits qui détruisaient leurs vies... L'humain devenait un véritable prédateur pour lui-même… Plus rien, n'étonnait le petit cadreur de la BBC.

Andrew regarda le ciel bleu au dessus de lui, il vit un oiseau tracer vers l'ouest… Une pensée pour ces pauvres gens qu'il allait bientôt rencontrer, éveilla chez lui une envie de fabrique de paires d'ailes, à la manière des casseroles d'Oskar Schindler.

Puis il se ravisa, le moment n'était pas vraiment basé sur des rêves illusoires. Il savait pertinemment qu'il ne pourrait sauver le monde entier face aux injustices, à lui tout seul.

Il respira une grosse bouffée d'oxygène, installa sa "cam" sur l'épaule droite, sa main vint se placer sur le déclencheur naturellement. Il était en mode "extérieur", sa vision passerait désormais par l'œilleton et non plus par ses yeux. Cela lui permettait de s'isoler des scènes parfois difficiles qu'il avait vécu par le passé sur les théâtres de guerre.

Il se mettrait dans la peau d'un téléspectateur lambda assit bien gentiment dans son fauteuil en train de regarder le JT de 20 heures. Et garderait en lui son petit confort personnel bien ancré…

Il savait pourtant, que chaque fois, qu'il s'approchait de la détresse humaine, cela lui infligeait une compassion dévorante qui le mettait hors de lui. Son métier le dégoûtait parfois et cela devenait de pire en pire.

Aaron, le reporter interviewer, micro en main et l'interprète Arabe étaient prêts eux aussi… Ils s'avancèrent badges de presse suspendus à leur cou, le gardien armé déverrouilla la porte et ils entrèrent dans le hall… Des milliers de personnes étaient entassées, les yeux hagards dans une promiscuité infâme…

Andrew récoltait les images au hasard, des plans larges, des plans serrés sur la misère humaine, quelques gros plans plus intimes… Il cherchait à travers ses images captées, l'excellence non pas par voyeurisme, mais plutôt pour choquer l'opinion mondiale car il savait qu'elles feraient le tour des médias de la Terre entière…

Ses images devaient être les plus incisives possible, pour marquer les esprits… Bref, des plans de coupe comme on les appelle… Pour insérer ces rushes lors du commentaire au montage final. C'était son habitude de travail avec Aaron depuis très longtemps…

Il attendait maintenant que celui-ci lui face signe pour une interview…

Quelques mètres plus loin, il vit son collègue s'agenouiller près d'une famille Kurde qui retournait fatiguée et par manque de moyen vers l'Irak. L'interprète commençait à discuter avec eux. Le terrain était propice et Andrew vint se joindre à eux.

Ils avaient dépensés toutes leurs économies dans ce voyage sensé être sans retour, plein d'avenir et prometteur en Europe, ils revenaient les poches vides et tous leurs espoirs s'étaient évaporés ainsi que tous leurs rêves de liberté… Ils retournaient chez eux la mort dans l'âme…

Une heure plus tard, ils avaient obtenu un témoignage poignant, Andrew changea de batterie et ils partirent tous ensemble vers d'autres personnes pour récolter d'autres alternatives et d'autres pleurs.

À la fin de la journée, usés, ils regagnèrent leur hôtel et préparèrent leurs bagages pour rentrer le lendemain à Londres. Les cartes mémoires vidéos protégées au fond d'une boite de préservatifs. La seule parade qu'il avait su trouver, se doutant que ce ne serait pas fouillé.

En quinze années de service, il avait appris quelques "ficelles" de son métier.

Le lendemain soir, Andrew visualisait les rushes dans la cabine de montage du studio B4 de la BBC. Il mit en pause, revint en arrière, puis en avant au ralenti et s'arrêta sur une image qui lui glaça le sang.

Cette jeune femme et son enfant allaient être exécutés en rentrant chez eux en Irak. Ne me demandez pas comment il l'avait vu… Était-ce dans son regard ou dans celui de l'enfant mais il en fut certain… L'opérateur monteur à côté de lui, compris lui aussi, l'urgence que la situation exigeait…

Andrew était sur le point de commettre la chose la plus insensée de sa vie. Sur internet, il trouva un vol à 21 heures 10 pour Minsk. Il prit sa carte de presse, son passeport et sauta dans un taxi pour Heathrow au terminal 5.

Onze heures plus tard après une escale à Istanbul, il débarquait sur le sol Biélorusse. Il se présenta au hall N°8, se fit ouvrir la porte et chercha la femme parmi tous les gens entassés… Sans résultat…

Il n'arrivait pas à se faire comprendre auprès des gardiens dans une langue qui lui était aussi étrangère que l'inverse. Il abandonna ses explications hasardeuses et retourna dans le terminal à proximité. Il se renseigna auprès d'un guichet qui à priori maitrisait la langue de Shakespeare…

Il apprit qu'un avion spécialement affrété pour les migrants était sur le point de décoller…

Bravant tous les points de contrôle, il réussit à rattraper la longue file d'attente qui embarquait sur le tarmac… Il courait à perte d'haleine, en remontant vers l'avion.

Scrutant les visages, un à un, il reconnu la femme et l'enfant sur le point d'embarquer. Il la sortit du rang avec son fils. Encerclé par l'armée, fusils à l'épaule, tous trois furent embarqués au poste de police de l'aéroport.

Un interprète fut désigné, Andrew indiqua que cette femme n'était en aucun cas une migrante clandestine, car elle était sa fiancée… Certes ses papiers n'étaient pas en règle… Mais jura devant Dieu qu'il la connaissait et que le garçon qui l'accompagnait était son propre fils.

Ils furent conduits à l'ambassade de Grande Bretagne. Là il pu s'expliquer longuement avec un attaché parlementaire très compréhensif. Elle signa la demande d'asile politique suite aux conseils d'Andrew et cinq jours plus tard, ils quittèrent Minsk pour l'Angleterre.

Monia acheva ses études de médecine, l'année suivante, grâce à Andrew qui l'avait soutenue et actuellement elle exerce toujours sa vocation au sein de l'association Médecins sans Frontière pour des missions humanitaires de moyennes ou longues durées.

Monia se maria en 2023 à Andrew et le petit Mustapha entra à Oxford pour sa première année préparatoire également en

2023. Andrew suivit son épouse sur tous les continents. Il continua à faire des reportages pour National Geographic et la BBC en parallèle avec sa chaine personnelle YouTube sur laquelle il acquit une certaine notoriété.

Il se demanda très longtemps comment juste un pressentiment aussi incertain avait pu changer sa vie aussi radicalement… Il regarda attentivement les rushes de l'époque essayant de déceler un détail frappant…

Il y vit juste des Kalachnikov imaginaires dans le reflet des iris du regard de Monia captés grâce à la précision de la 4K…

Vacances au soleil !

Cela faisait 8 ans que Brad et Ashley Landfield s'étaient installés à Deep Creek Settlement au sud est des Bahamas. Ils avaient monté leur petit business accueillant les touristes en mal de sensations fortes.

Moniteur de plongée diplômé, il initiait les amateurs à la découverte des joyaux marins dans une eau merveilleusement turquoise à souhait pour le ravissement des yeux. Et bien évidemment agrémenté d'un soleil de plomb qui invitait largement les conquérants à une baignade obligatoire.

Dans l'avion qui atterrissait ce jour-là à LPI Nassau, l'ile voisine, se trouvaient John et Lise Banchet, un couple venu de New York pour un congé d'été bien mérité. Une navette aérienne vint les déposer aux Bahamas le même jour... Ils purent prendre possession de leur bungalow dans la zone résidentielle.

Les quadragénaires étant plongeurs expérimentés et en bonne condition physique, c'est tout naturellement qu'ils vinrent se renseigner en vue d'une plongée au club house où Ashley tenait ses bureaux dans une atmosphère détendue et chaleureuse.

Son sourire et sa plastique de rêve fit mouche dès le départ sur les Blanchet. Elle rajouta leur nom sur la fiche de départ du samedi après-midi suivant réservés aux plongeurs chevronnés. Ils réglèrent l'acompte et ils se donnèrent rendez-vous à 13h30, trois jours plus tard...

Brad inspectait le matériel, il avait soigneusement rempli les bouteilles qu'il avait embarquées sur le bateau. Le plein avait été fait et il accueillit tous ses clients, les installa dans les vestiaires pour qu'ils s'équipent de combinaisons et ajustent leurs accessoires selon leur corpulence…

Une heure plus tard, ils voguaient à 30 nœuds vers les Grands Bancs. Les deux gros Mercury de 350 CV déchiraient la mer dans un rugissement à faire fuir tous les habitants du sous-sol… En arrivant sur zone, ils s'éteignirent sous les ordres de Brad… Et tous les passagers s'équipèrent pour la plongée. Deux couples accompagnaient les Blanchet…

Brad refit un check-up complet et redonna toutes les consignes de sécurité afin d'être sûr que tout le monde avait bien intégré celles-ci…

À chaque virée en mer, Jo Fisher son ami, l'accompagnait pour assurer le bateau en surface pendant qu'ils plongeaient, c'était devenu une habitude avec le temps. Gage aussi de sécurité.

Il fut temps de démarrer l'aventure tellement espérée et tous ne se firent pas prier pour quitter l'embarcation, Brad les guida au départ… Puis ils commencèrent à s'enfoncer dans la grande bleue tous ensemble…

Les hauts fonds miroitaient de mille couleurs dans le soleil. La visibilité était parfaite… John Blanchet était sans aucun doute le plus téméraire du groupe et il n'hésita pas à quitter ses coéquipiers à l'insu de Brad qui lui tournait le dos.

Lorsqu'il s'en aperçut quelques minutes après, il vit remonter une masse sombre quelques pieds en dessous de lui. Enfin il revenait vers eux, pensa t-il… Seulement quelque chose clochait… L'homme entraînait derrière lui un filet d'une substance rougeâtre… Il s'était blessé apparemment…

Brad le rejoignit aussitôt pour s'assurer de la gravité de la blessure. La combinaison en néoprène était entaillée sur une dizaine de centimètres au niveau de son bras, rien de bien méchant mais un autre danger se mit en place pendant ces quelques minutes… John s'agitait énormément et ses gestes désordonnés ajouté à plusieurs facteurs aggravèrent la situation.

Un, puis deux, puis trois requins bouledogues avaient fait leur apparition… Venus d'on ne sait où, ils étaient rejoints par d'autres attirés par de la nourriture impalpable… Brad les observa attentivement, ils se tenaient à l'écart mais tournoyaient tout autour, il fallait regagner le bateau rapidement…

Il fit signe au groupe, un peu plus haut, de se diriger en surface et resta auprès de John qui paniquait… Il devait le rassurer afin de réduire la surpression pulmonaire s'il remontait trop vite en retenant sa respiration.

Ils avaient deux paliers à effectuer et la situation empirait de seconde en seconde… Il ne fallait pas céder à la panique, d'une part pour rester en vie et d'autre part pour ne pas rajouter du stress à John qui était de surcroît en état de panique intégrale voyant tous les squales se rapprocher d'eux. Il fallait le faire respirer lentement afin d'éviter que sa bouteille ne se vide. Après 40 minutes de plongée à 35 mètres il était capital de faire des paliers de décompression à 6 mètres de la surface, puis à 3 mètres.

Brad réfléchissait intérieurement, il devait tout d'abord calmer ce "connard" de John qui s'agitait en tous sens. Dans un deuxième temps essayer d'arrêter le sang de suinter de son bras.

Il mit sa main gauche sur la plaie ce qui fit hurler John à travers son masque et l'obligea à positionner la sienne à cet endroit, geste d'un ordre impératif à l'appui… Il n'avait pas le choix. Il comprit aisément par le regard rugissant d'éclairs que lui lançait Brad, qu'il fallait obtempérer sans discuter…

Des quelques requins bouledogues présents au début, ils étaient passé à deux bonnes dizaines et commençaient à s'exciter autour d'eux en s'approchant dangereusement. Brad les écartait du mieux qu'il pouvait mais ils devaient encore attendre sur ces foutus paliers quelques minutes avant de remonter.

La situation n'était pas encore désespérée mais relativement sérieuse et sans réelle issue pour s'en dégager rapidement… L'espoir ne viendrait pas du ciel, il en était certain…

Et pourtant… L'eau se mit à bouillonner en tous sens, les squales s'entrechoquaient entre eux… Il eut beaucoup de mal à comprendre se qui se passait, tant il y avait de remous… Mais quelque chose se produisait, il en était certain…

Il essaya de distinguer à travers le bouillonnement créé, l'origine soudaine du cataclysme, lorsqu'un bouledogue les frôla lui et John, la gueule ouverte en grand, éventré et retourné sur le dos…

Les autres fuyaient massivement et en deux à trois minutes, ils se retrouvèrent en compagnie d'une meute de dauphins qui tournoyaient autour d'eux…

Les mammifères s'approchèrent en les encerclant. Brad et John se sentirent vraiment rassurés à partir de ce moment. Leur rythme cardiaque s'apaisa et ils purent remonter sur le "shark of the sea", prémonition ou pas, il fut débaptisé la semaine suivante par Brad lui-même…

Son nouveau nom, je vous le donne en mille ! "Dolphin of the sea" en hommage aux gentils "Flippers" venus du fond de l'océan sauver deux petits hommes tellement perdus.

Léda et le cygne !

Mona Tositarre, historienne de l'art et spécialiste mondialement reconnue du grand maître Leonardo di ser Piero da Vinci, avait été prénommée ainsi par son père qui détenait une réelle passion pour le génie né en 1452 en Toscane, lui transmettant ses gènes dès sa naissance.

Agrégée en 1992, Mona ne respirait sa vie qu'à travers le vieil italien aux milles facettes. Aucune place n'était assez disponible pour autre chose… Ni amoureux, ni chien, ni chat ni personne.

Ses travaux portaient sur les expertises d'œuvres d'art principalement, mais l'obsession qu'exerçait sur elle Léonard, l'avait gagnée très tôt. Sa principale activité se motivait à retrouver à travers les archives, les tableaux du grand maître, perdus au fil des siècles écoulés.

D'abord écoutée par les grands musées du Louvre de Paris et de l'Ermitage de St Petersbourg, elle obtint une bourse d'étude sur ses projets, qui, bien vite, au vu de piètres résultats qu'elle obtint, fondit comme neige au soleil, et ne fut pas renouvelée.

Peu importait, elle suivrait les traces de son patriarche. Obstinée et ambitieuse, sa vie serait consacrée à la recherche, pourvu qu'elle puisse avoir un toit et de quoi alimenter son réfrigérateur. Mona était prête à tous les sacrifices pour assouvir sa passion… Et oui, il existe encore sur cette terre, des gens comme cela ! N'en déplaise à tous les autres !

À force de combativité, elle tomba des nues, un soir de novembre 2024. Assise devant un document, le relisant inlassablement depuis dix minutes pour être sûre qu'elle ne rêvait pas… Son cerveau bouillonnait en tous sens.

Elle n'en croyait pas ses yeux… Comment était-ce possible ? Puis elle se mit à rire… D'un rire nerveux, qui ne s'arrêtait pas… Pire, cela dérangea les employés des archives d'Amboise qui lui firent quelques signes de réprobation bien appuyés… Mais peu importait… Les "clampins" gratte-papiers n'avaient aucune idée de ce qu'elle détenait sous ses yeux !

Un sésame ? Non ! C'était le St Graal, juste ça ! Et rien d'autre.

Le registre ne pouvait mentir, il allait donner la clé à la plus importante découverte du XXIème siècle. La Joconde allait bien pouvoir se rhabiller et laisser sa place à l'autre Dame.

Mona jubilait de plaisir à cette idée ! Léonardo était vraiment un farceur, il savait se jouer de tout. Il était adroit, doué d'une intelligence rare, en témoignait son œuvre magistrale dans tous les domaines, inventeur de génie, sculpteur, scientifique, architecte, botaniste, anatomiste, et bien sûr peintre aiguisé… Mais tout cela Mona le savait déjà !

Ce qu'elle savait moins, c'est comment les documents qu'elle avait en sa possession ce soir-là, n'aient pas été découverts plus tôt ? C'était ce sentiment qui l'avait animée quelques minutes plus tôt d'un rire ridicule et idiot…

Maintenant, à cause de ses effusions débiles, elle devait garder le secret et remettre tout en ordre pour ne rien laisser paraître aux yeux des fonctionnaires présents.

Elle prit alors une décision lourde de conséquences, discrètement elle profita d'un assouplissement du personnel et se dirigea vers une zone non contrôlée par les caméras de surveillance pour plier le document principal et l'introduire dans la poche de son manteau.

Enfin à l'air libre, elle respira une grande bouffée d'oxygène et son cœur reprit un rythme normal… Cette nuit là, elle ne dormit pas… Le document était posé sur la table et ses yeux ne le quittaient pas… Le texte était en latin, elle en avait fait une traduction mentale…

Il mentionnait un 19ème feuillet jamais évoqué et appartenant au Codex Leicester qui à ce jour n'en comportait que 18. La clé pour le découvrir était inscrite noir sur blanc.

" Inter duos fasces sub attica quarti contignatione prima lux exibit et finis huius capitis occlusus erit ! ". *(Entre les deux pignons sous la quatrième solive de la première mansarde, de la lumière jaillira et la fin de ce chapitre sera clos !).*

Après avoir soigneusement intégré cette énigme, un seul endroit au monde retint son attention, Le Clos Lucé, dernière demeure de Léonard de Vinci. De plus elle, avait en tête l'architecture du lieu et tout s'imbriquait à la perfection.

Il fallait maintenant trouver une raison valable pour se faire ouvrir les portes du dernier étage. Il lui fut assez facile d'invoquer une recherche sur la toiture du bâtiment… Elle s'y rendit dès le lendemain…

Après quelques minutes et enfin seule, sous les combles, elle dénicha le précieux sésame qu'elle s'empressa d'amener chez elle pour l'étudier…

Là encore, elle se prit la tête dans ses mains, estomaquée de la découverte et partit pour Paris l'après-midi même… En chemin, elle ne put s'empêcher de réfléchir à la dimension surréaliste que tout ceci prenait. Après s'être bataillée au téléphone pendant presque une heure, elle pu décrocher un rendez-vous en urgence avec le conservateur en chef, pour le lendemain matin.

- C'est bien une bombe atomique que vous détenez là, Melle Tositarre… Il va falloir être très patiente, un collège d'expert va être mandaté afin de confirmer le bien-fondé de ce document exceptionnel. Et il faut que je prévienne sur le champ les hautes autorités compétentes.

- Je n'en demandais pas mieux, faites ce qu'il convient…

- Puis-je savoir où avez-vous trouvé cette partie du Codex Leicester manquante ?

- À Amboise, au Clos Lucé…

- Je garde l'original, vous n'y voyez pas d'inconvénients, j'espère ?

- Non mais j'aimerais en avoir une copie papier et j'aimerais aussi que mon nom soit cité en tant que découvreur du parchemin.

- Accordé, je vous fais faire un tirage sur le champ.

Les mois suivants, l'affaire ne fut pas ébruitée et Mona continua à travailler sur la découverte afin d'en éclaircir quelques points… Elle acquit la conviction profonde que derrière la Joconde se trouvait un autre tableau mille fois plus emblématique que l'actuelle Mona Lisa.

Elle en avait retrouvé quelques croquis établissant avec certitude que ce tableau existât bel et bien. Perdu de la circulation en 1692 et jamais retrouvé.

Léonard lui-même, avait qualifié ce joyau, d'œuvre maîtresse. Un brin facétieux il l'avait enduit d'une feuille de plomb avant de l'intégrer au dos de la Joconde. Un savant mélange chimique avait soudé les deux huiles ensemble pour l'éternité. Ainsi, seule sa mémoire pouvait encore la contempler et personne d'autre.

Mona comprenait mieux désormais pourquoi les nombreuses analyses réalisées sur la Joconde, n'avait jamais permis de déceler la moindre trace de Leda… Car il s'agissait bien de cette Déesse Grecque, maitresse de Zeus, dont la mythologie en avait faite une histoire particulière… Le grand Dieu Grec n'avait pas hésité à se transformer en cygne pour la séduire.

Femme d'une extrême beauté, De Vinci avait su en tirer profit, pour réaliser "son" chef d'œuvre encore inconnu.

Il avait juste oublié un petit point, mais au combien important. Cette Joconde n'avait aucun intérêt pour lui, elle était insignifiante et sa cachette relativement bien pensée pourrait être révélée après sa mort… La destruction de Mona Lisa faisait parti de son plan initial…

Un an et demi plus tard, le couperet tomba ! Étant donné que si séparation des deux œuvres, il y avait, elle sacrifierait automatiquement la Joconde qui subirait des dégâts irréparables. Aucune solution technique n'était envisageable en l'état.

D'autre part, Mona Lisa de part sa notoriété mondiale vis à vis d'une illustre inconnue, il fut hors de question de céder à la curiosité. La question était résolue et le 19 ème feuillet alla rejoindre les archives classées au troisième sous-sol.

Léonard de Vinci pouvait encore dormir sur ses deux oreilles quelques siècles…

Mona Tositarre, écœurée par cette décision qui protégeait davantage le profit lié à la billetterie du Louvre, que l'intérêt de l'art en lui-même décida de jeter l'éponge…

Aux dernières nouvelles, elle déambulait dans les ruines de Gizeh en Egypte, expliquant l'histoire en qualité de guide aux touristes francophones.

Dans son esprit, naviguait encore l'image de Leda, réalisée par son mentor, qu'elle ne verrait jamais… Ce ne fut juste qu'un rêve inassouvi dont elle aurait aimé garder un souvenir impérissable ! Une frustration indélébile à jamais inscrite en elle…

Les premiers pas !

J'errais dans ma vie sans bien comprendre ce sens profond que l'écriture pouvait procurer… En étant très cartésien, je ne voyais qu'une vague idéalisation de l'intellect de chacun.

L'envie n'était pas là, c'était certain… Je l'avais déjà abordé vingt ans en arrière et un curieux concours de circonstance me l'avait faite abandonner au bout de cinquante pages.

Un film sorti à cette période avait lâchement réduit à néant ce projet grandiose qui me tenait à cœur, à lui tout seul il symbolisait les espoirs que j'avais mis autant de temps à construire, c'était le fil d'Ariane sur un même sujet.

L'aventure fut stoppée tout net. Mon roman aurait été qualifié de plagia avant même sa sortie. Face à un réalisateur aussi talentueux que James Cameron, qui peut prétendre à se faire entendre ?

Ces cinquante petites pages mûrement réfléchies resteraient enfouies à jamais au fond d'un placard et plus jamais je n'ai voulu entendre parler d'écriture. Il ne s'agissait pas d'un renoncement mais plutôt d'une déception infernale. Quoiqu'on en dise, ce James m'avait piqué mon idée à la racine…

Bien évidemment, je lui en ai voulu, mais que voulez-vous, c'est la nature humaine et en tout état de cause, j'aurais dû rebondir d'une autre manière…

La vie continua ensuite pendant vingt ans... trépidante à souhait, puisqu'à l'époque j'étais éclairagiste de spectacle en tournée pour quatre compagnies de théâtre.

Durant cette période, j'observais le monde, je m'imprégnais de toutes les atmosphères qui régnaient autour de moi. Je me construisais un rempart et aussi mon univers à travers ces éclairages aussi changeants que le jour et la nuit réunis...

Ainsi, je pus voir la Venise d'Italie en novembre 1991 sans fards ni trompettes, sous la neige et admirer deux chinois transis faire une balade en gondole, la bâche remontée jusqu'aux épaules. Une scène tellement improbable et pourtant si humoristique, qu'elle aurait mérité que Cameron s'y intéresse...

En ce même mois de novembre, en errance dans les rues désertes de Venise, après le passage d'un petit pont, des voix m'interpellèrent. Très haut perchées, elles provenaient d'un bâtiment sans résonnance particulière. Répétition de quelques cantatrices soprano qui résonnaient à travers les fenêtres... J'appris plus tard que c'était l'arrière du théâtre "La Fenice" qui brûla entièrement quelques années plus tard, en 1996.

Ces années furent riches en enseignement du genre humain, mais aussi de l'environnement dans lequel nous vivons. D'autres aventures humaines se succédèrent en ayant toujours à l'esprit que chaque expérience apportait de l'eau à mon moulin.

L'éclaircie vit le jour un beau matin de juillet 2019, elle allongée au soleil cuisant, sur une plage en Corse et moi enfermé entre quatre murs. Quelques messages et un rapide pari stupide, avaient réveillé en moi ce goût indécent de poser des mots sur des lignes afin d'en faire des paragraphes hésitants et tremblants. L'incertitude revint au pas de charge, mais l'engagement vertueux de terminer ce pari audacieux l'emporta sur le reste…

L'incapacité à produire se fit ressentir au tout début… Mais dans quel guêpier je m'étais engagé ? Me suis-je dis… Trop tard pour renoncer à ce maudit pari ! Parfois l'orgueil peut être un bienfait et ce fut le cas. Avoir la tête haute était le premier objectif et aller au bout de ses promesses en était le second…

De ma vie, je n'ai jamais échoué sur un challenge quel qu'il soit et pourtant Dieu sait que celui-ci mettait la barre si haute qu'elle me donnait le vertige… Non seulement je me sentais incapable d'y arriver, mais en plus j'étais tétanisé à l'idée même de démarrer le début d'une histoire et de structurer l'ensemble d'une manière cohérente.

Les données étaient posées, et aucun retour en arrière possible dans mon esprit… Il fallait se jeter dedans à corps perdu coûte que coûte…

Les premières pages débutèrent facilement, j'avais la trame en tête, puis il y eu un trou noir, disons entre la dixième et la cinquantaine. Là on peut dire que j'ai ramé sérieusement… Mais il fallait s'accrocher pour ne pas perdre ce pari idiot d'une part et ensuite et surtout pour lui signifier que j'en étais capable pour ses beaux yeux…

L'alchimie vit le jour une fois les cinquante premières pages passées, non seulement ce n'étais plus une contrainte, mais cela devenait presque un plaisir… Je ne saurais expliquer ni comment ni pourquoi, mais les idées se couchaient sur le papier presque instantanément… Cela devenait un réel bonheur de retrouver l'histoire au petit matin interrompu par le sommeil de la nuit…

Cette première aventure prit fin en septembre 2019, lorsque la dernière phrase fut apposée sur ce premier roman. Ais-je poussé un "ouf" de soulagement ? Majoritairement, je pense que oui !

Lorsque tout fut dans la boite, direction l'imprimerie presque sans corrections tellement je voulais avoir ce petit être dans mes mains et le respirer de son encre… À cette époque j'aurais pu comparer ce sentiment à une sorte d'accouchement sans douleur.

Mais pas si vite… La douleur apparaît après ! Juste quelques jours plus tard… Tout redevient insipide… Le job est fait, certes, mais le manque s'installe insidieusement… Les doigts démangent, les pages blanches s'insinuent en nous, lors de terribles cauchemars, nous indiquant de violer leurs virginités…

Curieuse chose que l'écriture, car tellement intrusive pour l'esprit, drogue pire que la cocaïne, le tabac et l'alcool réunis… Elle t'envoûte jusqu'à t'en demander encore plus…

Elle ne te laisse aucun répit et défile au rythme de tes pensées qu'elles quelles soient… Ce n'est plus toi le maître du jeu…

Alors le soir, après ta journée de taff, tu prends un plaisir immense à rejoindre ce clavier qui t'attend… Il t'interroge à distance sur une histoire à raconter en faisant briller ses belles lettres blanches sur fond noir juste comme un sourire parfaitement lissé…

La muse !

Dans l'esprit des gens, la muse symbolise l'amante ou la maitresse de l'artiste... Déjà, c'est une gravissime erreur que j'aimerais corriger à travers ce petit texte. Cela ne prendra qu'un instant rassurez-vous...

La muse est un être à part, presque inhumain... On ne peut la considérer que comme un être immatériel mais parfaitement inscrite dans le cerveau de celui qui la reçoit. Cette nuance est importante...

Décrire sa muse, ce serait comme se regarder soi-même face à un miroir où le reflet dialoguerait en toute sincérité avec vous de choses et d'autres.

Ainsi le reflet, indépendamment de vous-même exprimerait sa propre pensée en ayant vos traits en image...

- Mais une muse ce n'est pas votre reflet ? Me demande mon interlocuteur du moment.

- Certes non, pas le reflet physique mais la connexion de l'âme flagrante. Une osmose entre eux qui se caractérise par un sens commun des valeurs et une mise en adéquation parfaite à plusieurs niveaux : la direction idéologique, le sens artistique commun, le même niveau intellectuel, la pertinence des remarques sur un sujet quel qu'il soit et aussi la plus agréable des choses...

L'inspiration !

- Mais quelle est donc cette inspiration dont vous parlez et qui font briller vos yeux ?

- Impalpable, mon cher ami… C'est une force divine venue du ciel… Comme une sorte d'aspirateur qui vous envoi vers un au-delà en permanence… Je puis vous dire qu'elle balaye tout sur son passage… Disons qu'elle pourrait être une sorte de déesse sans corps. L'esprit nous raccorde en permanence. Je sais que c'est difficile à concevoir pour un humain, mais pourtant cela existe bel et bien… J'hésite à faire un parallèle mais si vous croyez en Dieu, une certaine analogie doit pouvoir se développer dans l'immatérialité des choses trop concrètes. Vous me suivez ?

- J'avoue que j'ai du mal…

- Je vous explique, l'amour, l'amitié ça vous parle sûrement, une muse c'est un contrat autrement plus puissant, ce sentiment va au-delà de l'entendement tel qu'on pourrait l'imaginer en tant que terrien. Je sens que cela vous fait peur.

- Non simplement je ne peux imaginer un tel sentiment…

- Il n'est sans aucun doute pas facile à acquérir pour le commun des mortels, mais il existe bel et bien, je peux vous l'attester… Cela réside avant tout dans l'esprit… Mais pas que dans le notre… Pour qu'une osmose réussisse parfaitement il faut y associer les deux cerveaux et même cela ne sera pas suffisant il y faut une denrée supplémentaire…

- Dites moi tout, cela m'intrigue énormément !

- J'y viens rassurez-vous… Ce sont les pensées communes à des moments précis. Les petits riens qui forment les grands tout par exemple. Mais pour bien les comprendre, il faut les vivre… Et lorsque l'alchimie opère, je vous promets de grands frissons dans l'échine.

- Vous me sidérez avec ce que j'entends, j'aimerais tellement vivre ce que vous vivez…

- C'est simple trouvez votre muse à vous… Elle se trouve à votre portée certainement mais juste une chose avant que l'on ne se quitte… Il n'y en aura qu'une et une seule… Un miracle ne se reproduit jamais deux fois !

Antonio

Le petit Antonio était né pour la plus grande joie de ses parents. Maria, sa mère commençait à l'allaiter au sein dans la chambre de la maternité de Sacramento. Le papa Diego était venu assister à un accouchement dans la douleur…

Extrêmement fatiguée par de longues heures de contractions suivies de douleurs intenses, elle était enfin libérée et heureuse d'avoir mis au monde ce petit américain qui allait devenir son fils… Diego, lui aussi n'était pas peu fier d'avoir un petit descendant aux grands yeux noirs et à la tignasse brune déjà naissante.

Dix ans auparavant ils avaient quitté le Mexique pour s'installer en Californie quelques milliers de kilomètres plus au nord. Tous deux travaillaient honorablement dans une indifférence générale, elle en tant qu'ouvrière dans une usine à pizza et lui en tant que routier. Il partait la semaine entière, parcourant tout l'ouest des États-Unis.

Le petit garçon grandissait au sein d'une famille aimante et unie. Il avait intégré l'école de son quartier, puis le collège quelques années plus tard… Ses résultats scolaires étaient parfaits, ils reflétaient l'engagement que ses parents lui inculquaient constamment…

Puis un jour, après une dispute de trop, Diego fit une maigre valise en guise d'adieu et disparu sans un mot…

Dix années passèrent, Maria avait élevé seule son fils depuis le départ du père, lorsque l'on sonna à sa porte un soir !

- Mme Rodriguez ? FBI

- Oui c'est moi, c'est pour Antonio ? Il ne lui est rien arrivé de grave ? En toute bonne mère de famille ce fut la première idée qui lui vint à l'esprit.

- Pour ne rien vous cacher, si c'est grave… Mais rassurez-vous il va bien, il est actuellement entendu par nos services… Dit l'agent Clark.

- Mon Dieu, mais qu'a t-il fait ? Dit Maria pétrifiée de stupeur.

- Pouvons-nous entrer un instant Madame ? Dit gentiment l'agent Clark.

- Mais oui, entrez, asseyez-vous… Répondit-elle en pleine panique.

L'agent Clark, enleva sa casquette et déglutit avant d'expliquer le drame.

- Il s'agit d'un homicide Mme Rodriguez, votre fils à tiré sur son père et …. Il est mort !

- Quoi ? Oh non ! non ! non !

- Je suis désolé ! Dit l'agent Clark désemparé devant la détresse de cette femme…

- Mais que c'est-il passé à la fin ? Elle hurlait !

- On ne connaît pas encore les circonstances exactes, l'enquête le déterminera ultérieurement, mais il semble qu'il y ait eu un différent entre votre ex-mari et votre fils. Je suis juste venu vous prévenir de sa garde à vue…

- Puis-je le voir ?

- Non c'est impossible pour le moment mais je vous préviendrai dès que possible. Essayez de vous reposer…

Les jours passèrent…sans aucune nouvelle d'Antonio incarcéré depuis… L'incertitude et mille questions se bousculaient dans la tête de Maria, et bien sûr, aucune réponse ne lui parvenait à l'inverse.

La presse avait bien évoqué le drame dans la rubrique des faits divers sans plus de précisions.

La pauvre Maria était dans un sentiment d'impuissance et d'épuisement mental tel, qu'elle ne mangeait plus, ne dormait plus, jusqu'à ce jour où une lueur d'espoir vint frapper à sa porte.

L'avocat commis d'office avait réussi à lui obtenir un droit de visite après cinq mois de détention…

Elle allait pouvoir enfin comprendre les motivations de son fils quant à son geste. L'épreuve serait terrible à la fois dans la confrontation mais aussi dans la compréhension.

Lorsqu'elle entra dans le box réservé, elle ne reconnu plus son fils. Son regard avait tellement changé. C'est comme si la folie s'était emparée de lui. Ses yeux rejetaient des flammes et de la braise. Mais que c'était-il produit en lui pour en arriver à ce stade ultime ?

La raison lui fut invoquée quelques semaines plus tard par son avocat. Une analyse psychiatrique avait été ordonnée par la chambre d'accusation, elle démontrait un trouble de la personnalité flagrant de schizophrénie paranoïaque intense. L'analyse pratiquée par l'expert psychiatre ne se concluait malheureusement pas dans de bonnes dispositions ultérieures.

Nul ne sut le fondement premier de ses pulsions meurtrières, ni la cause. Sa mère mourut de chagrin, cinq années après son placement.

Antonio vit désormais depuis trente ans dans un hôpital psychiatrique entouré de médecins et assommé du matin au soir d'antidépresseurs et de neuroleptiques.

Des gens retirés de la société tout simplement pour leur dangerosité à l'égard d'autrui et afin de les protéger d'eux-mêmes. Avec à la clé, quelques vies brisées à jamais, mais cela est une autre histoire.

Le secret du monastère d' Aspe !

Le tintement léger d'une cloche résonnait dans la nuit. Des pas réguliers frappaient le sol au rythme de celle-ci. C'était le père supérieur qui se dirigeait vers la chapelle Ste Lucie. Le projecteur sodium à la lumière blafarde reflétait entre les arches du cloître rajoutant un aspect mystérieux au lieu saint.

Un peu plus loin, un groupe de moines rejoignait également la chapelle pour le dernier office du soir. Leurs visages étaient comme absents, cachés derrière le large capuchon qui les noyait entre ombre et lumière.

La cloche se tut et les quarante deux moines entrèrent en prière et entamèrent un chant grégorien qui s'évaporait vers les étoiles.

Une petite heure plus tard, les religieux sortirent et se dirigèrent vers le bâtiment d'habitation pour y passer la nuit. Le monastère retrouva sa quiétude jusqu'au petit matin.

Un cri soudain vint réveiller la communauté. Des moines accoururent vers l'endroit désigné. Au sol gisait Frère Jean-Luc, un couteau planté entre ses omoplates. Il tenait un trousseau de clés encore dans sa main droite…

Le Père Supérieur se pencha sur lui, retira les clés, en observant attentivement le trousseau, il remarqua l'absence de la plus importante d'entre-elles…

Il se précipita vers une lourde porte en bois dans le fond de la cour. La porte était entrouverte… Il entra et constata avec stupeur que le tabernacle avait été vidé de son contenu.

Il frissonna violemment à l'idée que le trésor gardé depuis presque deux millénaires puisse avoir disparu. Cela allait entraîner un raz de marée au sein de la communauté et vraisemblablement dans toute la sphère catholique.

Il devait prévenir l'évêché ainsi que le Vatican immédiatement. La police avait été contactée en attendant et le capitaine Ortier arriva vingt minutes plus tard. Il prit les dépositions des témoins sur place. Deux policiers établirent un périmètre de sécurité et la zone fut bloquée en attendant la venue de la police scientifique.

Le Père Supérieur était anéanti et le capitaine ne put lui tirer les vers du nez tellement il était accablé de chagrin.

Le policier retourna près du cadavre, après avoir chaussé des gants en latex, il commença à l'examiner attentivement. Tout de suite un détail l'interpella… Une large plaie au poignet gauche, les artères avaient été sectionnées et le sang s'était écoulé sans discontinuer visiblement… Dans la mare à ses pieds se détachait une belle empreinte de chaussure.

Environ, une heure après, la police scientifique prit le relai et effectua les prélèvements d'usage avant que le corps ne fut emmené…

La grande porte d'entrée en chêne du monastère ayant été fermée depuis la veille au soir et n'ayant constaté aucune effraction, le meurtrier devait se trouver parmi les moines.

La capitaine Ortier, fit regrouper les quarante et un locataires au réfectoire. Il en profita pour les observer avant de poser les premières questions. Il se heurta au mutisme des moines… Pourtant, il distinguait bien une sorte de secret intense que cachaient ces murs de pierres sèches.

Il fit pratiquer des analyses ADN sur chacun d'eux. L'autopsie fut réalisée le lendemain de la découverte du cadavre, un cheveu inconnu fut isolé et envoyé au laboratoire et une semaine après le couperet tomba…

Frère Anselme matcha avec l'ADN retrouvé sur la victime. Il fut placé en garde à vue sur le champ. La perquisition de son logis permis la découverte de ses chaussures qui présentait quelques traces microscopiques de sang humain.

On retrouva également une espèce de bol en terre cuite qui avait servi à recueillir le sang du malheureux moine exécuté.

Lors de l'interrogatoire, le suspect passa aux aveux… Mais ce qui sidéra le capitaine Ortier, ce fut bien le mobile du crime.

Caché de tous, depuis presque 650 ans, se trouvait dans le tabernacle, le fameux St Graal arrivé du Moyen Orient vers l'an deux…Il avait tout d'abord atterri à Rennes le Château avant d'être déplacé dans ce monastère.

Les moines s'étaient transmis le secret de génération en génération. Le frère Anselme dont l'esprit était visiblement dérangé, avait eut l'idée de dérober l'objet, de le remplir de sang humain, puis de le bénir et le boire afin d'accéder à la vie éternelle…

Celle qui l'attendait ne serait pas éternelle et de plus derrière des barreaux…

Le St Graal n'était autre que cette petite coupe en terre cuite, elle fut remise au Père Supérieur, retrouva sa place dans le tabernacle et le silence revint recouvrir les âmes pieuses.

Mille fois perdu et recherché aux quatre coins du monde, le St Graal était finalement resté bien au chaud, au fin fond d'un tabernacle du pays béarnais, le secret avait été bien gardé jusque là… Mais pas assez !

Cette histoire ayant fait la une des journaux du monde entier, le Vatican dut réfléchir à d'autres dispositions pour ensevelir le passé une nouvelle fois…

La Rumeur !

C'était bien avant la fabuleuse histoire de la bête du Gévaudan. De tous temps la fascination à fantasmer sur les animaux se gorgeant de sang humain avait navigué dans les esprits faibles et ruraux…

Les langues se déliaient au moindre fait qu'il soit réel ou inventé de toute pièce et prenait des proportions telles que tout se déformait et était colporté à la vitesse de l'éclair…

L'histoire que je vais vous conter à présent, vous pourrez certainement en retirer la vérité de la fiction… Et encore, en saurez-vous en être si sûr ?

Nous étions en l'an de grâce 1152, à la lisière du Berry et de la Sologne, à Orçay pour être plus précis… Charmant village paysan du Moyen Age dans une région très boisée, la ferme des Paquereau était située à environ deux kilomètres du centre bourg.

Le père était mort de dysenterie l'année précédente et le fils bon à rien avait été arrêté par les gens d'armes pour un vol à l'étalage et séjournait à la prison du château du Coudray depuis six mois…

C'est ainsi que Clotilde Paquereau, la mère et solide femme de 49 ans se retrouva seule avec ses poules, ses trois cochons et son âne, seuls biens, dont elle en avait encore la jouissance.

La vie était rude et chaque voyage au village pour vendre ses œufs était devenu un véritable calvaire. On la regardait du mauvais œil, comme elle disait à ses cochons en rentrant chez elle.

Adepte de magie noire, elle se livrait le soir à des rituels que lui avait enseignés sa grand-mère maternelle. Ses pratiques eurent tôt fait de se savoir et c'est ainsi qu'elle fut très vite accusée de sorcellerie…

Chaque fois qu'un bovin ou qu'un gamin tombait malade dans une ferme, cela venait d'un maléfice que la "sorcière" avait jeté… La rumeur circulait partout dans le canton…

C'est un mouton égorgé qui mit le feu aux poudres. Le 12 Mai 1152, le Sieur Estrin retrouva une brebis sauvagement attaquée dans son champ et désigna la gueuse Paquereau comme responsable…

Aussitôt, las paysans se concertèrent en comité afin de mettre fin aux agissements de cette malsaine. La colère monta progressivement. De son côté, la Paquereau n'eut d'autre choix que de prodiguer des incantations incessantes à l'égard de ses belligérants…

Sa grange brûla le soir du 21 mai 1152. Elle ne put venir à bout de l'incendie dans lequel périt son âne et deux de ces trois cochons…

La guerre était déclarée ouvertement et elle sortit de son placard deux anciens grimoires du legs de sa grand-mère…

Elle feuilletait les ouvrages et tomba sur une prophétie divinatoire du VII ème siècle.

Il y était indiqué qu'un petit chien pouvait être changé en loup avec toute la hargne et la violence du canis lupus. L'animal se transformait alors en une véritable bête de guerre.

L'on vit de loin, la cheminée de la vieille fermière se teinter de fumée violette ou bleue dans les jours qui suivirent. Il était temps de prévenir le seigneur de Coudray…

Celui-ci prit peur et ordonna qu'on arrête la sorcière sur le champ puis fit torturer son fils afin qu'il concède à avouer les méfaits de sa mère sur ses terres. Le malheureux mourut sous le joug de ses bourreaux sans aucune confidence.

La sorcière arrêtée, elle fut amenée sur la place publique pendant qu'on préparait le bûcher sous ses yeux. La foule arguait "A mort, à mort…".

Ses yeux envoyaient de la foudre en envoyant des mots en latin incompréhensifs. Lorsque le feu embrasa le tas de bois sous ses pieds, elle ria d'un rire dont la tonalité changeait vers une voix d'homme… Une voix d'outre tombe…

Elle les maudit enfin en patois local pour la nuit des temps, en donnant la chair de poule aux plus récalcitrants d'entre eux… Soudain le ciel se chargea d'un orage si violent que la pluie éteignit le brasier sous les derniers gémissements de la mère Paquereau…

Dans les mois qui suivirent, plus de deux cents animaux du cheptel local furent attaqués les nuits de pleine lune sans jamais trouver le coupable…

Pour certains c'était un loup, pour d'autre une immense bestiole à tête de cochon, le monstre qu'avait su créer la sorcière… Décidément la rumeur avait la dent longue…

Cette histoire traversa pourtant les siècles, et dans certains villages, l'on parle encore de la sorcière du Berry et à ce jour, il n'a été recensé aucun loup à l'état sauvage dans ce secteur de la France… Pourtant depuis des siècles des attaques dans les troupeaux se produisent à chaque pleine lune…

Rumeur, réalité ou fiction ?

En 2016, un ancien manuscrit du XII ème siècle écrit par Eléonore d'Artois, née Paquereau fut découvert par un antiquaire local.

Pris très au sérieux, à ce jour il est encore étudié et décrypté à l'institut de recherche d'histoire ancienne du CNRS… Incunable de 639 feuillets, ses enluminures sataniques en font une œuvre exceptionnelle très rare…

Malheureusement dans un piètre état, Il traite notamment de la magie noire ancestrale du pays Berrichon…et il n'a pas délivré tous ses secrets… Loin de là !

Alors, vous y voyez plus clair désormais ?

Le Jeu !

Ces yeux ne libéraient aucun affect, ils étaient juste là pour observer à travers les murs, invisibles et silencieux, ils captaient tout, recensaient tout, analysaient tout. Ils étaient indécelables et pourtant très présents. Leur passion favorite était le jeu…

Des milliards d'yeux sillonnaient ainsi la planète tout entière, à l'insu de tous. Récoltaient des centaines de milliards de données et se les échangeaient. Mais s'il n'y avait eu que cela, nul ne s'en serait préoccupé davantage…

Mais ils avaient le pouvoir d'entrer en contact direct avec le cerveau de la personne observée et de percer un à un les secrets de l'âme…

Pire, ils savaient opérer des changements radicaux sur leurs pensées en déviant les neurones selon leurs désirs, sans pour autant affecter leurs comportements médians d'origine, car bien sûr, ils agissaient dès la naissance…

Leur communauté s'échangeait constamment leurs analyses qu'ils classifiaient selon leur propre règles, le jeu se déroulait devant eux et chacun y menait sa propre histoire.

Ainsi ils créaient à leur guise aussi bien des Mendela, des Hitler que des Einstein ou des Raimbaud et autre Léonard de Vinci, dès les premiers pas de la vie. Piochés au hasard dès la naissance…

Tout comme des SDF, des gens sans gloire par milliers, des nobles, des politiques, des scientifiques, des illettrés mais aussi des ouvriers, bref ils savaient créer des sociétés à l'échelle mondiale.

Et pourtant ce n'étaient que des yeux transparents vivants dans une dimension suprême dont personne ne pouvait en soupçonner la moindre existence. Un monde parallèle et coexistant avec nous-mêmes…

Ils s'amusaient constamment entre eux à faire évoluer leurs marionnettes humaines… C'est pour cela, qu'ils épiaient constamment nos habitudes, afin d'être sûr que tout se déroulait selon leurs prévisions.

Le moindre faux pas pouvant dégénérer vers une situation incongrue ou différente entrainant des dysfonctionnements intenses pour la suite envisagée du jeu.

Pendant ce temps, l'humain se sentait en maître absolu sur la planète Terre, bravant toutes les règles animales ou végétales et il ne s'était jamais posé les quelques questions subsidiaires suivantes…

Pourquoi ils s'entretuaient tous ?
Pourquoi ils détruisaient la planète ?

Les yeux de l'au-delà, seuls, en détenaient la réponse, ils régulaient inlassablement leur jeu. Lorsqu'ils sentaient que cela leur échappait parfois, ils s'octroyaient une petite guerre de cent ans, ou un autre conflit majeur, selon leurs envies.

Histoire de réguler le capital de population de leurs jouets favoris.

Quelques millénaires en arrière, ils s'étaient lassés du deuxième jeu après celui du Big Bang, celui des dinosaures qu'ils avaient su pourtant, créer de toutes pièces. Ils avaient alors pris une grande décision, celle de les anéantir…

Détourner une petite météorite, et le tour était joué… Ensuite ils eurent le temps de réfléchir en se concertant mutuellement…

Ils reconstruisirent à nouveau un autre jeu avec des cerveaux plus évolués, ils eurent l'idée d'un petit être moins sauvage, sur deux pattes…

Ils fabriquèrent tout un ensemble de végétaux et d'animaux disparates pour son bien être… Puis ils le firent évoluer vers un moyen âge un peu sanglant… Ils l'adoucirent peu après…

De la nature luxuriante du départ, les jouets la détruisirent au fil des siècles.

Aussi, comme ils évoluaient trop vite vers la destruction, ils ralentirent leur domination par deux petites guerres au XXème siècle… Ainsi, peut-être comprendraient-ils leurs erreurs ?

Les jouets commencèrent alors à être doués d'une toute petite intelligence. Mais la soif de pouvoir les aveugla au détriment d'une vie harmonieuse… Les yeux devaient à nouveau contrôler l'impact sur la planète…

Un petit virus saurait les calmer un petit peu, le temps d'une réflexion plus approfondie…

Les yeux à nouveaux commencèrent à se lasser du jeu créé et réfléchissaient déjà à un nouveau concept…

Après concertation du conseil et à l'unanimité ils optèrent pour un laisser aller simple sans retour… Leurs jouets, iraient se détruire eux-mêmes, sans intervention de la part de quiconque…

Et les yeux observeraient cela sans sourciller… Se contentant de regarder… N'était-ce pas le pouvoir des yeux ?

Le Copiste !

Max observait depuis l'extérieur, à travers la vitrine, l'antre du peintre... Oh, cela ne payait pas de mine... Une petite rue parisienne crasseuse à souhait, sous la pluie de surcroit en cette matinée d'octobre 1956.

Il entra malgré tout, l'air n'y était guère réchauffé et surtout suintait les vapeurs d'essence de térébenthine et autres odeurs chimiques... Mais peu importait, il n'était pas venu de si loin pour se plaindre...

Théodore Rooselenberg, le peintre détourna le regard de sa toile, pinceau à la main, pour voir la tronche de l'individu qui venait le déranger à cette heure aussi matinale.

- C'est pour quoi ? Dit-il visiblement agacé ?
- Euh, vous êtes bien Mr Rooseleberg ?
- Ben oui, pourquoi ?
- Voilà, je voudrais passer une commande... Euh, un peu particulière et... euh, je me suis permis de venir vous voir en personne...
- Dites toujours... Théodore était retourné devant sa toile, il continuait de peindre tout en l'écoutant.
- C'est un peu délicat... De toute façon, il faut que je me lance... Donc voilà... Sauriez-vous reproduire "l'Astronome" de Johannes Vermeer ?
- Quoi ? Celui exposé au Louvre ? C'est bien ça que vous me dites ?
- Oui exactement... Max, restait en suspend...

- Ben ça dépend, dit Théodore. Il avait lâché son pinceau et sa palette et vint regarder en face l'homme qui avait détruit sa matinée…

- C'est 75 000 francs… Cash !

- Une sacrée somme… Mais ce tableau est répertorié et invendable.

- Ce n'est pas votre problème. Ce que je vous demande juste, c'est si vous vous sentez capable d'en faire une copie irréprochable ? Vous êtes connu pour être le meilleur dans le monde… Max reprenait la main avec assurance…

- Capable ? Mais je vous copie le ciel bleu plus vrai que nature, vous n'y verrez que du feu… Remarquez pour une telle somme, je vous fais cadeau du feu également… La matinée d'un coup commençait à être ensoleillée pour Théodore.

- Bon ça veut dire que nous faisons affaire alors ! Dit Max.

- Eh oh pas si vite, disons que ça m'intéresse, je n'ai pas encore dit oui… Me faut une avance…

- J'y ai pensé, prenez cette enveloppe, elle contient 25 000 francs, de quoi couvrir vos frais… Si je repasse d'ici trois mois cela vous irait ?

- Je pense que oui, ou puis-je vous joindre ?

- C'est moi qui vous contacterai, alors à bientôt…

Théodore regarda s'éloigner l'homme sous son parapluie dans la rue, puis retourna s'asseoir en réfléchissant…

Le jour d'après, il irait au Louvre, c'était décidé, il devait s'imprégner du tableau du maître mais pas seulement, il devait aussi mesurer à la perfection, l'œuvre… Et cela risquait d'être délicat…

Finalement, ce ne fut pas si compliqué, tout était indiqué dans le guide qu'il put se procurer pour la somme de 5 francs…

La semaine qui suivit, il arpentait chaque jour le marché aux puces de St Ouen dès la première heure… Son instinct le guidait vers un objectif très précis… Expert en œuvre d'art, son flair précieux s'arrêta sur une première toile en bon état général d'époque fin XVIIème qui se situait bien dans la période de Vermeer…

Le sujet peint ne représentait rien d'intéressant, et il l'acquit pour 250 francs. Un second se présenta à lui deux jours plus tard nettement plus abîmé, et beaucoup plus cher mais, il n'avait pas le choix dans son raisonnement…

Tout ceci prit du temps, mais il n'en avait pas finit encore… Il alla voir son ami Philibert, ébéniste de son état en lui expliquant l'urgence du travail à accomplir… Retailler à 51 X 45 cm les deux cadres de manière à correspondre au tableau de Vermeer.

Seule contrainte, garder la patine du temps partout… Philibert inspecta l'ensemble, lui promis de respecter ses engagements et la semaine suivante, Théodore récupéra les toiles, qu'il nettoya de leurs peintures afin de travailler sur des bases solides.

Il les installa, conjointement sur deux chevalets à peine distants… La brochure qu'il avait trouvé en grand format était la plus approchante en termes de colorimétrie, mais son œil exercé en avait repéré les failles…

Il avait commencé à tracer les contours au fusain pour les proportions sur les deux toiles… C'était une gymnastique aussi bien de l'esprit que de la physique.

Il avait deux mois pleins devant lui et toutes les données… Alors il se mit à peindre jours et nuits compris, ne s'endormant qu'épisodiquement lorsque la fatigue l'emportait.

Il reproduisait les mêmes gestes sur les deux toiles avec les mêmes pigments d'époque… Le travail avançait très vite, Théodore était un magicien des couleurs…

Un mois plus tard, les deux œuvres étaient terminées… Il fallait qu'elles sèchent librement à l'air libre… Épuisé, il se reposa en attendant l'homme au parapluie…

Fin janvier 1957, il entra un soir sans prévenir et récupéra un exemplaire contre l'enveloppe convenue. Théodore n'entendit plus jamais parler de Max, jusqu'en 1958.

Ce jour là, dans la presse spécialisée sur l'art, l'on parlait du fameux Vermeer du Louvre. Un autre tableau en circulation était sans doute l'original contrairement à celui du grand musée Parisien.

L'astronome du Louvre, pourrait être un faux… L'étude du bois du cadre attestait de l'exactitude plus vraisemblable de la date de création par l'artiste Néerlandais du tableau découvert que celui exposé au Louvre. De plus la qualité relevée de l'exécution de celui-ci était cent fois supérieure…

Théodore s'assit à la lecture de l'article et se souvint que le deuxième tableau acheté à St Ouen était signé du même peintre. Celui qu'il avait jalousement gardé caché… Même peintre, donc même époque précise du cadre…

Cette fois, il fallait profiter de la panique générale concernant cette œuvre… Il n'eut aucun mal à en trouver acquéreur à vil prix… 4 millions de dollars…

L'art n'a pas de prix… Ils n'avaient qu'à se battre entre eux pour déceler le vrai du faux, à coups d'avocats spécialisés et bataille d'experts.

Ce n'était plus son problème, Théodore continua à peindre pendant de longues années encore, mais cette fois dans le jardin d'une splendide propriété sur les hauteurs de Ramatuelle…

Histoire érotique 1

(interdite au – de 18 ans)

Elle sonna à la porte d'entrée, dehors il faisait froid, le vent s'engouffrait sous sa robe courte légère malgré le grand manteau qui la recouvrait au dessous des genoux…

Elle n'attendit que quelques secondes avant qu'un large sourire ne se dessine devant elle. L'homme avait ouvert la porte et la fit entrer.

Il régnait une douce chaleur à l'intérieur, due en grande partie à la cheminée de la pièce principale, où couvait une bûche de châtaignier à peine flambée. L'odeur de bois se consumant rajoutait à l'ambiance feutrée de l'endroit.

L'homme se rapprocha d'elle pour la dévêtir de son manteau, la frôlant à peine, elle sentit les effluves de son parfum qui déjà l'emmenait vers des contrées lointaines et sauvages…

Assise dans le canapé moelleux autour d'un verre dont le cristal miroitait à la lumière ambiante, elle écoutait de ses yeux de velours l'enchantement de l'homme assis tout près d'elle…

Enchanteresse, elle savait jouer de ses charmes divins et croisait souvent ses jambes gainées de nylon noir tout en ne le quittant pas de ses yeux turquoise.

L'effet produit était imparable chez l'homme. D'un geste maladroitement réalisé, ils rapprochèrent leurs corps lorsqu'ils posèrent leur verre dans le même mouvement sur la table du salon.

De fines gouttes de sueur perlaient sur le front de l'homme rougissant de cette imprudence néanmoins calculée.

Ils avaient gagné quelques centimètres et sans aucun doute les centimètres les plus audacieux… Le dernier pas restait à franchir.

L'instant suivant ce fut fait sans aucune résistance d'aucun d'entre eux. Leurs lèvres se rejoignirent dans un grand baiser langoureux…

Les corps se tendirent puis se laissèrent aller ne pouvant résister à la tentation impulsée par le désir montant en chacun d'eux.

Il dénoua sa cravate et ouvrit sa chemise, Elle renversa sa robe sur le sol, après l'avoir dézippée et s'allongea sur lui…

Sa peau était chaude et soyeuse, ses mains glissaient le long de son corps. L'adrénaline agissait comme une drogue au fil des minutes…

Ils ôtèrent rapidement le reste de leurs vêtements et ils se retrouvèrent entièrement nus et enlacés.

Ils tournoyaient sur le canapé, animés par une puissance dans l'esprit venue de nulle part. La pulsion engendrée du début se calmait et laissa la porte ouverte à l'exploration de l'autre…

Les idées prirent place gentiment pour amener des sensations idéales à ce moment aussi singulier que prévisible. La femme ferma les yeux pendant que les mains de l'homme parcouraient son corps inerte.

Le bien-être était en elle, il grimpait doucement en intensité… Quelques frissons vinrent jouer les trouble-fêtes sur sa peau.

Les mains de l'homme avaient empoigné les seins de la femme en douceur et sa bouche parcourait son ventre en descendant le long de son corps.

Un désir incomparable se matérialisait peu à peu dans l'esprit de la femme… Elle se soumettait volontiers à cette audace masculine sans aucun renoncement. D'ailleurs, elle ne pouvait que succomber par tant d'attentions extrêmement bien choisies…

L'impatience permettait de bien intégrer l'issue de cet échange si doux. C'était à peu près similaire à l'attente d'un plat commandé et le bonheur de voir arriver son assiette sur une nappe éclatante de blancheur puis de le découvrir des yeux avant de le déguster.

Son cerveau était empli de dopamine, elle sentit la langue de son partenaire entrer en elle avec beaucoup de douceur et due s'abandonner en totalité par totale soumission. L'homme percevait les petits signes annonciateurs de la perte des repères de sa partenaire et profita de cette emprise, jouissant intellectuellement de cette supériorité du moment en vainqueur absolu.

Ses mains délaissant quelques temps la poitrine de la femme, vinrent encourager sa langue dans la recherche du plaisir alloué à la femme qui commençait à succomber sans retenue…

Quant à elle, ses mains agrippaient les épaules de l'homme en se raidissant et ses ongles pénétraient l'épiderme de sa peau rajoutant de la puissance sur les sensations qu'il dégageait dans son subconscient.

L'homme sentait la petite douleur infligée sur sa peau qui le motivait à poursuivre avec beaucoup plus d'intensité. Il redoubla d'attentions harmoniques envers elle. La motivation dépassait l'entendement et chacun d'eux partirent vers un univers de plaisirs immenses…

C'était un échange partagé qui commençait, lui en donnant et elle en percevant… Le plus merveilleux c'est que chacun y puisait un bonheur intense et plus encore. Il manque un mot dans le dictionnaire pour qualifier cette perception particulière du plaisir.

Nous, nous arrêterons là car sinon ce ne serait plus une histoire courte… Peut-être, la suite sera dévoilée plus loin dans ce tome 2, voire dans le tome 3… Mais ne vous inquiétez pas pour eux, ils ont bien consumés la suite…

Je sais, je suis un coquin ! ;-)

Bal au Château deStirling

Le coursier galopait à travers la lande Écossaise. L'alezan haletait à pleins poumons. Sir Stalker avait envoyé son valet apporter la réponse à l'invitation de la Duchesse de Lackford, pour le bal annuel qu'elle donnait chaque année.

Grand ami de la famille de Lackford, Sir Jeremy Stalker y était convié comme toujours. Néanmoins à presque 68 ans, il avait hésité, mais comment éviter de froisser le Duc et la Duchesse sans répondre favorablement à la missive joliment agrémentée de mille formules de politesses par ailleurs.

Ces fanfaronnades n'étaient plus de son âge… Il se souvenait pourtant, avec une certaine nostalgie, d'une époque où, il se régalait de ces bals et où les invités rivalisaient d'audaces vestimentaires.

C'est en 1927, qu'il avait connu Mary, Miss Wiltord qui l'avait littéralement subjugué… Elle lui était apparue vêtue d'une longue robe de soie grenat, sa longue chevelure blonde entourait un visage d'ange où deux yeux gris perle, esquissaient un léger sourire…

Il avait tout fait pour la séduire, mais il n'eut jamais le retour escompté, elle s'était mariée quelques années plus tard avec un bellâtre et il n'eut de nouvelle d'elle, que lors de sa fin tragique lorsqu'elle se jeta de la falaise de Kilt Rock, triste fin pour une femme d'une si grande beauté.

Il l'avait très longtemps regrettée, et nul ne sut réellement ce qui s'était passé ce jour là. Les bals, depuis, n'avaient plus la même saveur et son engouement se fit bien moins enjoué qu'auparavant.

Cette époque ne l'avait jamais réellement quitté, souvent ses pensées erraient dans ces souvenirs d'un autre temps. Mais chaque année, ce maudit bal organisé faisait remonter cette sensualité et tous ces moments douloureux qui s'en dégageaient lourdement.

Walter Scott, le valet, avait préparé la Bentley. Sir Stalker arborait une tenue traditionnelle de circonstance, le kilt aux couleurs du clan des Stalker. Le tartan de pure laine vierge, vert et bleu, fabriqué depuis la nuit des temps par la maison Tenbry, tailleurs de pères en fils.

En ce mois de décembre, Walter avait fait chauffer la voiture afin que son maître ne prenne pas froid... Ils prirent la route du château situé à 20 minutes de leur manoir.

La nuit était tombée et la route sinueuse se déroulait sous les roues de la Bentley. Arrivé sur place, après avoir donné les clés au voiturier, Walter alla rejoindre l'office et Jeremy entra par le hall réservé aux invités. Il donna son carton et fut accueillis par la Duchesse de Lackford, réjouie de sa venue.

Des petits groupes d'invités illustres s'étaient déjà formés dans la salle de bal, vaste et magnifiquement décorée. Il se joignit à celui de Sir Edward et de la comtesse de Charmy, habitués des lieux.

Le champagne Français coulait dans les verres en cristal de Baccara et les petits fours circulaient dans les allées sur les plateaux d'argent ciselés.

L'orchestre classique de cordes habituel s'était vu garni de cuivres pour l'occasion. La musique avait elle aussi évoluée ces dernières années et en 1965, cela donnait une petite note jazzy particulière à l'ensemble…

Entre deux conversations bien ennuyeuses, Jeremy observait chaque recoin de la pièce… Les lustres, les poutres, les tableaux… Le faste de la haute noblesse Écossaise n'avait pour ainsi dire, pas vraiment changé…

Un reflet dans un miroir attira son attention, il s'approcha… Le silence se fit dans son esprit… Il était isolé de tous, presque transparent…

Il y vit son image trente trois ans auparavant se dessiner à travers le miroir et derrière lui, il reconnu celle qui l'avait toujours fait frissonner, Mary Wiltord, toujours aussi belle dans une robe vert émeraude… Un large sourire sur ses lèvres teintées de rouge carmin…

Il se retourna, ce n'était qu'illusion… Lorsque ses yeux se posèrent à nouveau sur le miroir, elle était encore là… La glace avait emprisonné leur image… Il put ainsi la contempler à chaque passage devant ce fabuleux miroir qui ne cessait de leur renvoyer leurs souvenirs lointains…

Ainsi, depuis, chaque fois qu'il était possible pour lui de s'inviter au château de Stirling, Sir Jeremy Stalker, ne rata jamais aucune occasion.

Car à chaque fois Miss Wiltord l'attendait dans le reflet de ce miroir très très, spécial… C'était le seul sur les quinze que comptait la pièce… Ils gardèrent bien ce secret pour eux…

Au pays des fantômes, qui peut dire réellement et avec certitude qu'ils n'existent pas ?

Histoire érotique 2

(interdite au – de 18 ans)

Cette Femme était tout simplement merveilleuse et il l'admirait de tout son être. Elle lui inspirait autant la grâce qu'une sérénité parfaite tout autant exceptionnelle.

Il avait l'impression de la connaître du bout des orteils jusqu'au sommet de sa tête.

La jouissance qu'elle avait éprouvé la comblait de bonheur, elle prit sa tête et l'embrassa... Elle renversa alors les rôles. Les corps brûlaient de désir, le membre de l'homme était à son apogée et elle vint goûter avec avidité ce qui quelques minutes plus tard allait finaliser cette magnifique soirée...

L'homme tendu, respirait rapidement, lui aussi se laissait emprisonner dans le piège sans résistance d'aucune sorte. La douceur des gestes pratiqués ne laissait rien au hasard. Elle tenait en main l'objet de l'amour intégral et le caressait en regardant l'homme droit dans les yeux.

Leurs regards complices ne disposaient d'aucun mot vis à vis de la situation. La douceur de leurs prunelles se mariait à la perfection dans les yeux de l'autre.

Miracle de l'amour, le ressenti se mettait en place en eux. Ce n'était pas des animaux en phase d'accouplement, mais réellement un homme et une femme doués de sentiments humains qui s'adonnaient aux joies de l'amour intégral sans aucun tabou et sans aucune gène d'aucune sorte…

L'homme avait entouré la femme de ses bras et la caressait. Elle l'imitait et dans leurs cerveaux, l'alchimie opérait, chacun essayant de comprendre inconsciemment les pensées enfouies de l'autre…

La réponse se lisait à travers leurs yeux luisants et brillants de mille feux. Comment placer un mot ou une pensée lorsque l'on en connaît la lecture par l'esprit ou le regard ?

Ils en oubliaient alors toutes les vissicitudes de la vie et s'abandonnèrent l'un à l'autre caressant du doigt l'extase du moment qu'ils imprégneraient à jamais dans leurs souvenirs.

Ce petit moment de répit et de tendresse était si doux qu'il permettait à chacun de ressentir la chaleur de l'autre dans sa vie. Les pensées revenaient à la charge et l'avenir se profilait également…

Les esprits se chargeaient positivement de sentiments monstrueusement puissants et les bras se serrèrent autour des corps en parfaite harmonie et ce… En même temps !

Les frissons envahirent leurs peaux, un désir encore plus puissant vint perturber leurs pensées….

Ils se caressaient abusivement et goulument. La main de l'homme naviguait sur la cuisse de la femme offrant à celui-ci un bien-être profond. La peau de sa partenaire, si douce et soyeuse imprégnait intégralement son être tout entier et cela le comblait d'un bonheur incomparable.

L'amour était présent entre eux, car comment parler de sexualité sans évoquer l'amour ?

Il se sentait si bien auprès d'elle… Éloignée de lui géographiquement, ils se retrouvaient néanmoins fréquemment… Elle venait le rejoindre pour briser sa solitude avec toujours beaucoup d'enthousiasme.

Cette femme, il la désirait ardemment dans sa vie car elle incarnait son désir profond. Pièce maitresse au jeu des échecs, cette femme inspirait tout ce qu'un homme pouvait attendre de générosité et d'amour sans rien en attendre en retour.

Imprévisible, naturelle et empreinte de liberté… Sauvage et indépendante, elle était complexe à comprendre mais tellement charmante et si adorable que l'homme fut conquit dès le début de leur relation qui mit un temps infini à se stabiliser…

Les yeux mi-clos, il ressassait tout cela en caressant cette peau si douce qui le comblait. Une petite larme, vint gâcher la plénitude de cet instant magique. Disons, une larme de joie de connaître une si belle femme…

Elle se retourna à peine endormie, réveillée par tous ses sens et vint se lover contre l'homme encore parfaitement en forme…

Mais nous allons réserver cela pour le prochain épisode ;-)

Ubu !

Le gamin, l'avait gagné dans une grosse poche d'air, lors d'une foire commerciale. Il était heureux… Enfin son père beaucoup moins, il regardait l'heure… Sa maman était comme beaucoup de mamans, conciliante à souhait et heureuse de lui faire plaisir.

C'était samedi et les magasins étaient bondés, et le petit criait car il fallait à tout prix trouver un récipient digne de ce nom pour la maison de ce petit animal qu'il avait déjà adopté dans son esprit …

- Comment veux-tu l'appeler ? Dit la maman.
- Ubu, ce sera Ubu, il est beau hein, maman ?
- Mais oui mon chéri, il est très beau ton Ubu !
- Il faut lui donner à manger, regarde, il ouvre la bouche constamment…
- En fait c'est comme ça qu'il respire, il n'a pas faim ton poisson rouge, juste il remplit ses poumons en ouvrant la bouche, tu comprends… ? Dit la maman tout en douceur.

Le petit Rémy âgé alors de cinq petites années n'était pas si sûr des paroles de sa mère, il la regarda bizarrement, tandis que le père conduisait la petite famille, l'air refrogné vers le Jardiland du coin, afin de trouver un bocal et soulager sa conscience pour rentrer ensuite tranquillement devant son match de foot tant espéré.

Ubu était coincé dans son sac étroit en plastique et devait se plier à la nouvelle vie qui s'offrait à lui. Du moins, il n'en était pas mécontentent…

Après avoir fait la queue aux caisses et réglé la modique somme de 85 €, bocal, daphnies et décor approprié compris… Le père commença à râler sur le voyage du retour, après sa femme… Le match était commencé et Ubu commença lui aussi vraiment à l'énerver !

Pourtant le pauvre Ubu se laissait conduire vers sa nouvelle vie sans rien demander de plus. Rémy d'ailleurs, le regardait avec douceur en lui parlant gentiment, à travers son sac de plastique transparent…

Mais le père était remonté, il accélérait encore et encore, Laura sa femme essayait de le raisonner lorsqu'ils percutèrent un autre véhicule…

Heureusement, personne ne fut blessé, juste de la tôle froissée. Ils regagnèrent leur domicile après un constat de police qui dura deux heures. La responsabilité du père dans l'accident fut engagée… Et le match tant espéré, perdu…

Ubu vit depuis dans son petit bocal tout rond, sous les yeux bizarres du chat rouquin de la maison, Lucifer ! Il a acquis depuis, lui aussi, des pensées morbides concernant son avenir délicat…

Le sixième sens de l'animal traqué, s'est mis en place instantanément dans le cerveau étriqué du poisson rouge. Il a quitté une prison pour une autre... Mais que sera sa vie à présent ?

Seule, la présence de Rémy le rassura, et pourtant Ubu se demandait encore, pourquoi il s'était retrouvé dans ce piège infernal à tourner en rond toute la journée devant le matou dont il serait sans aucun doute la victime un jour !

D'où venait cette haine si profonde ? Du père ? De Lucifer ? Non... Mais cherchez bien car elle vient bien de quelque part.

La Terre nous a offert un formidable univers de connaissances et d'espèces en tout genre, la cohabitation est-elle si difficile ?

Apparemment !

A moins que ce ne soit l'exaspération ou la patience contre les personnes ou les choses qui nous entourent ? La vie trépidante dont on ne peut s'échapper ?

Le pauvre Ubu rêvait d'une vie si merveilleuse au sein d'une famille généreuse et aimante. Il tourne inlassablement depuis des années dans son bocal tout rond à tel point, qu'il n'en peut plus...Et qu'il devient fou ! Allez comprendre...

Mais la vie est si belle !

Histoire érotique 3

(interdite au – de 18 ans)

Nous avions laissé l'homme et la femme en pleine étreinte de tendresse absolue, lors du deuxième épisode... Nous les retrouvons pour cette dernière partie aussi amoureusement enlacés.

Leurs mains naviguaient sur leur corps. Un parcours sinueux et presque similaire s'était peu à peu dessiné. Dans leurs esprits cela symbolisait les courbes gracieuses et indicibles que leur imagination créait dans l'espace.

Ce qui les motivait c'était le sens commun qu'ils attribuaient au bien-être que cela engendrait en eux. Un bien-être fait de sensations si douces, si frissonnantes. Le monde n'existait plus, seules leurs pensées émergeaient dans du velours à travers les caresses répétées de part et d'autre...

Leurs âmes étaient littéralement plongées dans l'esprit de l'autre sans aucune retenue. Leurs corps se raidissaient d'un désir fulgurant... Une main posée de l'homme sur elle, l'invitant à venir sur lui réalisée avec douceur n'eut pas besoin de compréhension particulière.

Un petit geste simple sans insistance suffit à lui faire enjamber l'homme et à s'empaler profondément sur lui. Son sexe était chaud et brûlait de désir. Elle se rejeta en arrière pour ressentir le maximum de vibrations. Elle avait prit les commandes et menait la danse à sa propre guise...

Il la laissa se contorsionner allègrement éprouvant une excitation qu'il ne pouvait contrôler et cela lui donnait un plaisir immense. Il la caressait de ses deux mains libérées pendant qu'elle chevauchait à pleine vitesse le corps de l'homme prisonnier de ses cuisses ardemment armées…

Elle transpirait le bonheur les yeux fermés, tandis que lui l'observait de ses grands yeux ouverts pour l'occasion. Elle haletait, ses poumons respiraient très fort et lui la contemplait encore et encore dans le clair-obscur…

Il n'aimait pas faire l'amour dans le noir, et préférait distinguer entre ombre et lumière sa silhouette gracieuse ainsi que les mouvements qu'elle imprimait à son corps. Il la trouvait magnifique lorsqu'elle se donnait en totalité pour lui.

Ainsi il pouvait la contempler pendant qu'elle fermait les yeux offrant son corps à son regard à lui. Il gravait ses images dans son esprit, pour l'éternité…

Il savait déjà que plus aucune femme ne rentrerait dans sa vie, ce serait la dernière de son existence… Alors, il mesurait bien chaque détail, chaque instant qu'il mettrait dans les tiroirs secret de son cerveau…

Ces instants étaient riches en symbolique, ce serait ceux qui partiraient en dernier avec ses pensées lors de l'ultime voyage vers l'au-delà.

Mais pour l'heure, il n'en était nullement question et il profitait au maximum de cet instant de bonheur intense…

La douceur était leur point fort, ils faisaient l'amour comme dans des rêves de première classe… C'était cela qui donnait la qualité de leurs étreintes… La soie et le velours mélangés en une étoffe si bien tissée, qu'elle aurait été introuvable par Jacques Cœur lui-même…

Cette femme était une vraie tigresse, de la race qu'on ne rencontre que dans le golfe du Bengale. Elle pouvait griffer et mordre tout en douceur. Elle savait en tout bon félin se faire aussi très câline et ronronner de bonheur.

Ils changèrent de position et se fut à l'homme de prendre le contrôle. Cette fois ils flottaient dans les cieux, elle l'avait agrippé avec ses cuisses, en le tenant implacablement tout contre elle, ses jambes sur ses reins et elle avait accroché ses mains à ses épaules…

Il sentait parfois les doigts se tordre sur lui en imprégnant sa peau de ses ongles pour son plus grand assouvissement.

Ils ne faisaient plus qu'un seul et unique ensemble… Leurs esprits se rejoignaient à la perfection. Les neurones se transvasaient entre eux en déversant des tonnes d'hormones de plaisir…

L'homme se retenait pour procurer le maximum d'émotions à celle qui représentait l'amour dans sa quintessence la plus absolue. Il la laissait s'abandonner car il savait qu'elle ne pouvait être rassasiée qu'une seule fois et cela l'excitait encore plus…

La jouissance de cette femme était magistralement parfaite pour lui, et tant qu'il pouvait en garder le contrôle, il s'arrangeait pour lui en faire profiter au maximum…

Le don de soi en amour était extrêmement important pour l'homme, peu lui importait son propre plaisir… Celui qu'il procurait pour la femme, était dans son esprit mille fois plus précieux.

Mais cela ne pouvait durer trop longtemps non plus, car toutes les sensations éprouvées depuis le début de l'aventure avaient généré de telles sensations que son corps se libéra de toute la puissance emmagasinée dans une extase profondément assouvie…

Il sentit alors, les mains de la femme se crisper dans son dos lui indiquant qu'elle adora aussi ce moment libératoire, puis des caresses profondément appliquées vinrent achever leur étreinte.

Leurs cerveaux emplis d'une très grande tendresse vint les rapprocher l'instant de parachever l'acte, avec toute la puissance de l'amour et des émotions ressenties. Elle s'enroula à ses côtés protégée de tout, mis ses pieds glacés entre les jambes de l'homme qui lui offrit ses bras tous puissants, gage d'une sérénité absolue…

Réflexions sur le Prince Charmant !

Quelques-uns et quelques-unes croient, encore aux contes de fée... Quelle farce ! Elles (et ils) courent toujours depuis la nuit des temps vers cet être suprême qui les sauvera de la médiocrité ambiante…

Que c'est injuste et pathétique de courir après des rêves illusoires… C'est charmant et romantique à souhait, mais cela risquerait bien de gâcher quelques rêves inassouvis.

Bien sûr, se contenter de ce qu'on a n'est pas suffisant et ne le sera jamais pour le commun des mortels. La vie telle qu'elle se présente n'est jamais rêvée. Elle est morne et triste comme le temps qui passe.

Et puis il faut aussi un peu de sucré, un soupçon de piment pour égayer la routine. Des épices que l'on trouve sur notre chemin et qui nous font de l'œil discrètement, alors on s'embarque en délaissant la construction de nos vies qu'on aura mis des années à établir…

Bien sûr les rêves sont là pour nous emporter vers des contrées où tout n'est que magique, irréel et magnifique, seulement l'on confond bien souvent rêves et réalité.

Mais où est donc passé le beau cheval blanc sensé embarquer la princesse vers le pays merveilleux tant rêvé ? Où est la sirène aux yeux de braises sensée nous emmener vers l'amour infini ?

Qu'il est bien difficile parfois de se rendre à l'évidence, nous ne sommes pas ni des dieux, ni des déesses et tous les rêves disparaissent au réveil, malheureusement.

Cette recherche aura au moins eut le mérite de remplir la vie des plus audacieux d'entre nous, voir les plus courageux mais ne les aura jamais rendu heureux et c'est bien là le dilemme immense de ce gâchis…

La vie sur Terre, n'est pas faite que de papillons bleus, loin de là… Elle mérite un peu de sacrifice, de force et de courage pour l'affronter. Et beaucoup l'oublient en laissant en chemin, les miettes de leurs passages.

Que ce soit pour les femmes ou les hommes, les êtres parfaits, vous pourrez les chercher toute votre vie en vain. Je vous l'assure quoi que vous fassiez… Moi même, j'y croyais et je me suis rendu à l'évidence, mais il m'a fallu un temps infini pour le comprendre…

Les années se succèdent et avec elles les affres du temps qui passe affaiblissant nos corps, mais curieusement pas nos pensées…

Le pouvoir de séduction se perd petit à petit, la sagesse prendra le relai et pourtant c'est l'inverse que l'on souhaiterait, mais plus rien ne pourra en inverser les rôles.

Tout est trop tard lorsqu'on s'en aperçoit, et que nous reste-il au final comme pansement à la vie ? La solitude qui nous gagnera insidieusement…

Chaque année achevée, à fini par laisser en chemin, des personnes de qualité, mais nous nous sommes trop éloignés et désormais la distance est beaucoup trop grande et les vies se sont séparées…

Il n'en restera que des regrets et des larmes au final.

Alors l'on quittera cette Terre sans une main tendue, isolé dans la plus grande indifférence et le mépris. A la cérémonie funèbre, deux ou trois personnes sans aucune larme feront acte de présence et notre passage éclair devrait s'achever sur cette petite note de musique si pâle et sans âme…

L'art de la séduction !

Histoire courte interactive avec la vidéo attachée au QR Code à gauche ou via le lien suivant : https://www.youtube.com/watch?v=3fZoKSIHbOA.

Scannez et castez !

Comment ne pas succomber à la grâce de la jolie pianiste plantée sur sa lande de sable fin au beau milieu d'une mer turquoise qu'on imagine bien loin de tout. Les doigts glissent sur le clavier et nous emportent vers le bleu immaculé du ciel…

Quand le rêve se fait gracieux, les voiles de taffetas associés à la musique peuvent nous emmener aux plus profonds de nos fantasmes humains. Aucun risque que la réalité ne vienne perturber la plénitude du moment.

Ce n'est que pour le plaisir des yeux et d'un instant de compréhension sur la féminité et le pouvoir que peuvent exercer les femmes sur les hommes. L'inverse étant totalement vrai aussi.

Il ne suffira que de quelques images bien choisies, de quelques plans ajustés à la perfection pour que la magie opère. Les notes de musique pianistiques donnent la force à l'ensemble et le passage du goéland dans l'azur du ciel nous emmène sur ce voyage de quelques minutes d'un rêve absolu…

Le pouvoir des rêves étant qu'ils ne s'attachent que très peu à la réalité de notre environnement, ils seront là pour faire dériver nos pensées vers des terrains toujours plus audacieux et c'est en cela qu'ils contribuent à notre équilibre constant tout au long de notre vie.

La poésie de la vie passe par toutes ces petites choses que l'on découvre par hasard et qu'il faut analyser constamment. Certaines personnes nous en offrent l'occasion dans notre vie, malheureusement, on ne prend pas assez de temps pour faire une pause et observer attentivement... On passe notre chemin bien souvent sans nous arrêter, ne serait-ce qu'un instant...

De tout temps, les femmes et les hommes voulurent se séduire entre eux, déchainant des passions exacerbées nocives et toujours douloureuses... L'amour s'y mêlant parfois dans des contextes qui n'allaient pas ensemble...

Alors peut-être il faudrait y voir une notion plus philosophique qui permettrait à chacun de trouver une place de choix, pleine de respect et de plénitude comme le suggère cette musique dans nos sens...

Mais comment atteindre une sorte de nirvana où le bonheur remplacerait tous les tracas de nos vies, sans que nos émotions ne viennent perturber cet équilibre si fragile entre nos pensées et un raisonnement un peu plus poussé ?

Malheureusement, il n'y aura jamais de réponse ou plutôt des milliards de réponses car à chaque individu, sa propre résilience et sa pensée...

Ne gardons juste en tête, que ce qui nous émeut, que ce soient nos rêves, nos espoirs, notre chemin à tracer et essayons de positiver toujours et en toute circonstance sans jamais nous focaliser sur les échecs, ce sont eux qui nous entrainent vers le bas insidieusement…

La force est en nous, maitrisons là du mieux que nous pouvons…

Sous son aile…

La prudence aurait due être de rigueur en ce 23 décembre 1921. La météo annoncée pour les jours suivants ne présageait rien de bon à Skibotn, petite bourgade située au nord de la Norvège.

Une tempête de neige était prévue sur la région le lendemain soir et la nuit qui s'en suivrait. Mais Sander avait de la ressource en lui. Grand gaillard blond aux yeux d'azur de 28 ans, il était bien décidé à passer Noël chez sa petite amie Oda à Rotsund situé à 80 kilomètres de chez lui.

La détermination était une seconde nature chez lui. Il hésita à la contacter pour reporter d'une journée ou deux, mais toutes les lignes télégraphiques avaient été coupées soit par la chute de quelques arbres, soit par le gel. Son dernier message stipulait sa venue le 24 au soir, il n'avait plus le choix…

Ou plutôt, il n'envisageait pas qu'il en soit autrement, tellement elle lui manquait…

Il avait juste avancé son départ d'une journée, il ferait ainsi une halte chez sa tante Milla à mi-chemin pour y passer la nuit.

Les autocars non plus, ne circulaient plus depuis une semaine à cause des routes impraticables, encombrées de congères et de branchages… Là encore, Sander avait trouvé la parade, ce serait Rosemonde la jument de la ferme qui le véhiculerait.

Rosemonde pourrait passer là où les roues des véhicules patineraient. Elle était bien plus rassurante que tous les autocars du monde.

Il prépara avec soin son barda, dans deux grosses sacoches de cuir, de part et d'autre de l'animal. Il avait prévu de l'eau, du café chaud et des couvertures… Il s'emmitoufla comme un esquimaux, large capuche en poil d'ours sur la tête et ils prirent le départ dès le lever du soleil…

A ces latitudes, le jour ne dure que quelques heures à peine. C'est donc sous un soleil bas et radieux que Sander et Rosemonde prirent la route des crêtes pour longer le Lyngenfjord jusqu'à son embouchure entre la mer de Norvège et la mer de Barents.

Il avait calculé qu'en onze heures de route il attendrait Olderdalen, lieu où vivait sa tante. Elle aussi avait une ferme avec une grange où Rosemonde pourrait se reposer au chaud durant la nuit pour la seconde partie du voyage.

Durant les premiers kilomètres, il pu constater l'état déplorable du chemin. Des branches arrachées et des arbres en travers jonchaient le sol à perte de vue, parfois ils devaient faire des écarts pour éviter les embûches. Le sol glissait souvent, mais Rosemonde était habituée à déraper et avec deux paires de jambes, il y en avait toujours une qui rattrapait l'équilibre de l'équipage.

Le soleil se coucha et Sander alluma le falot à huile pour éclairer le chemin. Il l'avait équipé depuis longtemps d'une lentille de Fresnel à l'avant et muni d'une perche attachée à la selle par souci de confort. Ainsi, les rayons lumineux étaient concentrés vers la direction empruntée.

Les heures défilèrent ainsi avalant les derniers kilomètres jusqu'à Olderdalen, où ils rejoignirent Milla qui ne les attendait pas, bien sûr… Rosemonde fut déharnachée et rejoignit les autres chevaux au box, une large portion de fourrage et de l'eau en quantité lui fut distribuée.

Sander put se réchauffer dans la maison d'habitation devant la bûche qui crépitait, ils discutèrent avec Milla qui préparait la soupe du soir, puis une partie de la soirée. Sander s'endormit ensuite sans peine, sous un gros édredon de plume jusqu'au petit matin… Ses rêves nocturnes pointés sous les étoiles en direction de sa charmante Oda, désormais à une journée de lui…

Il n'avait rien entendu de la tempête de neige qui avait sévit toute la nuit selon les prévisions attendues. Quarante centimètres de poudreuse avait ensevelit le chemin menant à la grange et la neige tombait toujours… Il ne fallait pas perdre de temps, il refit le plein de café chaud et d'huile, remit son paquetage sur la jument et après avoir embrassé tendrement sa tante Milla, ils reprirent la route…

La température s'était encore abaissée de cinq à six degrés. Il devait faire aux alentours de – 25°, - 30°… Les pas de la jument devenaient plus collants et plus lourds, ils mettraient quelques heures de plus à parcourir les quarante kilomètres restants… Mais rien n'était impossible pour plonger son regard dans les beaux yeux d'Oda, ne serait-ce qu'un instant…

Les vingt premiers kilomètres de l'épopée dans la neige et le froid furent éprouvants pour le cavalier et sa monture. La jument ralentissait face au blizzard qui soufflait de face. La neige s'engouffrait partout en eux, dans les yeux, dans les corps…

La sensation de froid s'accentua… Rosemonde était à bout de force. Sander décida de s'arrêter un peu… Une petite futaie aux buissons épais les protégerait un peu du vent…

Il descendit de sa monture, la caressa et se servit du café chaud, il donna à boire à Rosemonde, ses doigts gelés le brûlait, malgré les gants fourrés… Ils restèrent ainsi peut-être une heure… peut-être deux… à se refroidir… Le temps s'égrenant à leur insus. Le vent ne faiblissait pas, ni la neige qui tombait en abondance…

Il fallait à tout prix reprendre la route soit dans un sens, soit dans l'autre… Pour ne pas mourir dans ce chaos…Dans l'esprit de Sander, refaire le chemin à l'envers serait sans doute plus simple, mais c'était aussi renoncer à caresser la peau si douce d'Oda… Si proche de lui désormais… La décision était douloureuse à prendre mais obstiné Sander fit son choix en toute conscience…

Ce serait vers le nord… Vers les bras doux et soyeux de sa bien-aimée…

Rosemonde courba l'échine pour affronter le vent violent qu'elle recevait en pleine face. Sander couvrait son visage avec son coude et se couchait sur l'encolure de la jument pour ne pas rajouter de la prise au vent. Le cheval avançait doucement mais sûrement, droit devant.

Le chemin n'était plus visible depuis quelques centaines de mètres, Sander avait complètement perdu le sens de l'orientation pour guider le cheval… Puis, comble de malchance, le falot s'éteignit par manque d'huile. Ils durent s'arrêter une fois encore au bout d'un kilomètre à peine.

Aucun secours n'était à attendre dans ces contrées sauvages éloignées de toute civilisation autre, que dans les villes et villages… Ils reprirent leur route silencieusement… Sander, à bout de forces, perdit toute notion du temps et du sens des réalités .

L'hypothermie commença à le gagner en profondeur… Finalement Rosemonde se laissa choir d'épuisement sur le sol enneigé… Sander, dans une lueur de lucidité, l'enjamba pour ne pas être coincé sous elle… Il rampa jusqu'à sa tête.. Ils se regardèrent longuement… elle respirait avec peine… Elle eut la force de se retourner dos face au vent pour permettre à Sander de se protéger sous ses flancs.

Il sortit avec peine, la couverture de la sacoche de cuir, l'enveloppa et se serra tout contre le ventre de sa jument le plus possible. La chaleur de l'animal le ranima un instant…

Oda, le centre de ses pensées, l'emmena dans ses rêves et un profond sommeil…
Un soleil radieux régnait et le réchauffait… Ils couraient en riant, lui et Oda, dans une verte lande garnie de milliers de fleurs sauvages…

A Rotsund, Oda attendit Sander une partie de la journée, elle s'était faite belle pour l'occasion, puis voyant l'état du ciel, elle comprit que Sander avait renoncé au voyage, quoi de plus naturel en somme… Il fallait être complètement fou pour tenter une aventure pareille… Elle le verrait, une fois l'épisode neigeux terminé.

La tempête dura deux journées pleines et ce n'est que cinq jours plus tard qu'on découvrit un cheval mort sur le bord de la route lors du déblaiement… Sous son ventre, il y avait aussi un homme recroquevillé et collé à ce cheval par le gel.

Rosemonde dans son dernier soupir avait voulu protéger son maître du froid intense en lui offrant la chaleur de son propre corps, dans un dernier geste d'amour, tel un oiseau qui protège ses petits sous son aile…

Au printemps suivant, beaucoup de fleurs sauvages avaient curieusement parsemé cet endroit. Était-ce l'esprit de Lander, cherchant encore désespérément à capter le regard d'Oda ?

Ce Noël 1921 avait finalement eut un goût bien amer…

En plein brouillard...

Le capitaine Stunbord maintenait le cap sur le lac de l'Ours, en ce mois de février 2001. Il n'aimait guère la météo prévue... Trente trois ans de navigation, l'avait rompu à ces fameux jours de brouillard...

Il n'en percevait que trop les effets néfastes sur la compagnie maritime qui exploitait le secteur. Une navette par jour, le matin et le soir pour représenter quelques bûcherons locaux, mais c'était important pour la maintenir en vie.

Chaque année passant, le lot de clients baissait à cause de ce maudit brouillard qui naissait à l'aube. De folles légendes, rumeurs et autres affabulations trainaient ça et là dans ce secteur.

Malheureusement, Stunbord devait assurer son service coûte que coûte comme à l'habitude... L'eau devant le ferry était un miroir où ciel et lac se confondaient en un immense tableau teinté de gris.

De part et d'autre, se dressaient des montagnes de vapeur d'eau, et à travers elles, des visages angoissés apparurent soudainement.

Déformés et venus d'un autre temps, ils criaient des mots insensés et incompréhensibles à travers le brouillard... Stunbord en connaissait les raisons profondes.

Le "Stairway to heaven", filait droit dans l'eau glacée, sans aucun état d'âme, il pourchassait au contraire les perturbations d'outre-tombe qui apparaissaient subitement, selon l'ordre du capitaine Stunbord…

Obéissant au doigt et à l'œil de celui-ci, qui avait fait accélérer l'allure pour échapper aux visions extérieures du vaisseau, le ferry essayait d'échapper le plus rapidement possible dans une purée de pois dense et cotonneuse à la fois.

Au grand désarroi de celui-ci, quelques passagers encore sur le pont, à la fois surpris et surtout horrifiés, se ruèrent à l'intérieur épouvantés par les spectres surgissant de l'éther… Ce que redoutait le capitaine par dessus tout !

Il dut une nouvelle fois descendre en cabine expliquer aux passagers que leur vision n'était que pure fantaisie, que souvent il se produisait des images à cause de la brume, que leur cerveau interprétait ces mêmes images comme on peut voir un éléphant dans un cumulus de beau temps.

Les sons, il les expliquait aussi, par la radio fréquence de leur système VHF qui se déportait à cause des particules en suspension chargées d'humidité.

Bref, son mensonge était pernicieux pour sauvegarder la ligne ouverte et son propre emploi. Mais au fond de lui même, il savait… et le cacher était son seul but actuel…

Comment d'ailleurs, parler en toute franchise de ce qu'il savait, à ces passagers ? Il était certain que personne n'aurait accepté une telle ineptie…

A bout d'arguments, il se rua sur le pont en criant vers les visages fantômes qu'ils disparaissent de son champ de vision et qu'ils laissent son bateau tranquille…

Il n'eut comme seule réponse, que des sourires et des sons rieurs et moqueurs des cinq visages découpés dans le ciel. C'était tellement irréel et impressionnant à voir que le capitaine Stunbord recula en trébuchant…

Il se souvînt alors de ces quelques phrases que son prédécesseur lui avait glissé à l'oreille avant de partir…

La malédiction trainait depuis les années 40 dans la région. Il faut aussi signaler qu'en 1930, un gisement de pechblende fut découvert. Ce minerai à base de radium et d'uranium fut exploité dès 1933 aux fins, quelques années plus tard, de la création de Little Boy et de Fat Man dont on connaît maintenant les conséquences sur Hiroshima et Nagasaki.

La famille de fermiers, propriétaire de ce terrain fut entièrement décimée par les nouveaux côlons américains en quête de nouvelles armes pour libérer la planète d'envahisseurs…

La bombe d'Hiroshima était dix mille fois plus importante que cinq vies, puisqu'elle en tua environ 140 000 autant dire une goutte d'eau dans une rivière.

Nul ne fut épargné, l'homme en premier, la femme et leurs trois fils âgés de 5 à 13 ans. Malheureusement rebelle, le père de famille ne voulut rien lâcher de ses terres… Il le paya de sa vie et de celle des siens… Son seul réconfort était d'hanter ce lieu où lui et sa famille avaient pris racine, une bien maigre consolation au vu du résultat catastrophique engendré au Japon.

Pour rappel, le 6 août 1945, à 8 h 16 min 2 s, après environ 43 secondes de chute libre, activée par les capteurs d'altitude et ses radars, Little Boy explosa à 580 mètres à la verticale de l'hôpital Shima, en plein cœur de l'agglomération, à environ 300 m au sud-est du pont initialement visé, libérant une énergie équivalente à environ 15 000 tonnes de TNT. L'explosion tua instantanément des dizaines de milliers de personnes et détruisit tout sur environ 12 km…

Certains fantômes sont là pour effrayer les gens, d'autres pour crier à l'injustice des hommes, n'ont-ils pas raison ? Vous en serez les seuls juges…

Une petite fable bien étrange…

Léa naquit au Kazakhstan en même temps que Léo… Léa était une jolie féline panthère des neiges, Léo un petit rapace de la catégorie des faucons…

Deux cent mètres les séparaient… Les pas balbutiants de la panthère Léa, tout juste âgée de deux mois la conduisirent à cet endroit où le jeune faucon commençait lui aussi à apprendre la vie…

Tout d'abord hésitant, Léo s'approcha de Léa qui le huma de la meilleure des façons, c'est à dire comme un gibier de premier choix.

Son instinct premier remporta tous les suffrages dans son esprit. Elle fut surprise, lorsque Léo vint se blottir contre elle.

Elle le regarda, tout petit chaton qu'elle était encore, visiblement elle ne comprenait pas ce qui lui arrivait, mais laissa faire gentiment le faucon agir…

Un coup d'œil rapide plus tard, leurs regards se croisèrent, Léo cru déceler une once d'humanité dans ces yeux félins. Maintenant que j'y repense, il y a certainement quelque chose de vrai qui s'est passé à cet instant…

Ces deux là grandirent ensemble à quelques centaines de mètres de distance sous le regard de leurs parents respectifs…

Durant les premières années, ils se côtoyèrent très souvent, ils jouaient et riaient ensemble. Léa avait trouvé un joyeux camarade et une certaine amitié commençait à s'instaurer entre eux…

Leur jeu favori c'était quand léo glissait à l'aide de ses grandes ailes à la recherche d'un bâton de bois qu'il laissait choir depuis le ciel, en laissant à Léa le soin de le chercher, le retrouver et le ramener.

Léa se prêtait volontiers à ce petit jeu, en tout félin qui se respecte. La chasse devenait instinctive chez elle. Cela l'amusait…

Pourtant, une question obsessionnelle la taraudait ! Elle essayait en vain de la faire sortir de son cerveau. A se demander presque si elle ne devenait pas folle.

Léo était devenu son ami de cœur, mais elle n'avait qu'une envie, qui lui emplissait la tête de jour en jour…

Cette envie était de se le faire, mais pas comme vous l'entendez… Dans son jargon, c'était plus l'envie de le déguster mais goulument… Vous voyez ?

On ne nait pas félin pour rien et puis il était tellement facile pour elle de profiter de la naïveté du volatile imprudent, celui-ci étant en pleine confiance avec son amie Léa.

A priori, les animaux en règle générale, n'obéissent qu'à leurs instincts primaires… Et là cela devenait très compliqué… Mais même dans la nature, les miracles existent et Léa y cru… Elle réussit à surmonter son agressivité et son envie pour sauvegarder leur amitié profonde. N'était-ce pas cela l'essentiel ?

Léo n'en su rien bien évidemment, il volait de ses propres ailes à présent et chassait pour se nourrir tout comme Léa le faisait de son côté.

Parfois ils se croisaient à nouveau et faisait une partie rapide de recherche de bouts de bois pour leur plus grand plaisir…

Léa perdit sa maman en mai 1998, elle alla s'isoler sur les contreforts du Khan Tengri… Léo mut par un sixième sens inexplicable vint la rejoindre et la couvrit de son aile en silence…

Parfois les mots n'ont plus aucun sens… Mais Léa, ce jour là était fière de ne pas avoir cédé à ses tentations car cette petite aile posée sur son épaule était mille fois plus précieuse, l'amitié n'a aucun prix ! Dire qu'elle avait faillit bequeter Léo, mais chut voyons ! N'en dites rien à quiconque !

Juste sur un petit fil tendu…

L'épopée de Philippe Petit commença dans ses rêves d'adolescent lorsqu'il en pris conscience lors d'un rendez-vous banal chez son dentiste local en région parisienne…

La salle d'attente, bondée lui permis de lire un article consacré à la construction de deux tours jumelles qui commençait à Manhattan. 417 mètres en serait la hauteur finale. Dans la tête de Philippe, cela germa comme dans un rêve éveillé. Nous étions alors en mai 1968, et le projet insensé de Philippe Petit ne fut tenté qu'en août 1974.

Six années pendant lesquelles il avait mûrement réfléchi à son projet, il dut pour cela faire preuve de stratagèmes en tout genre. Tout d'abord, organiser des allers-retours, aux States, s'arranger pour pouvoir pénétrer au cœur des tours, enfin se faire passer pour un ouvrier du bâtiment afin de repérer les lieux en toute discrétion. De nombreux voyages vers New York furent nécessaires avec toute son équipe. Son obstination était alors sa raison de vivre.

C'est impressionnant la façon qu'ont certaines personnes à vouloir se surpasser face aux interdits qu'exigent les lois. Pour Philippe Petit, cela faisait parti de la règle du jeu et ses rêves étaient ailleurs, bien plus hauts, bien plus conséquents, empreints de totale liberté…

Celle qui défie le temps présent, celle de la folie, celle qui donne le vertige, celle qui place le danger au maximum du paroxysme de l'être humain…

En ce sens, cet homme, pionnier de son époque, agissait avec son esprit et son obsession de naviguer le plus haut possible et sans aucun filet de rappel. La raison n'avait plus aucune loi, seule comptait la passion…

Suspendu à plus de 400 mètres de hauteur dans le vide serait sa plus grande jouissance. Lui riait pendant que son équipe technique craignait pour sa vie. Il suffisait de bien comprendre le rôle de chacun…

Chaque personne peut ainsi placer le but ultime de sa vie peu importe le résultat. Ce qui est le plus précieux c'est ce qu'on en retire au final…

Dans la nuit du 6 au 7 aout 1974, son équipe et lui travaillèrent d'arrache pied pour tendre le fameux câble entre les deux tours. Plein de problèmes survinrent cette nuit là auquel ils firent face avec la plus grande concentration…

Le gros câble d'acier sensé être tendu entre les deux tours, glissa dans le vide et du être remonté pendant de longues heures manuellement. L'acharnement devenait essentiel au projet…

Finalement dans la sueur et la détermination, le câble avait été ajusté selon les directives du funambule…

Peu après 7 heures du matin, Philippe Petit, posa le pied à 417 mètres du sol. Fier de lui, il regarda droit devant, sa perche en main. Plus rien, ni personne ne pouvait l'arrêter à présent… Il naviguait entre ciel et terre comme il voulait et comme il l'avait souhaité.

L'adrénaline montait en lui comme une source de jouvence. Pas après pas, il se rassurait. Le vent essayait de le déstabiliser, il l'avait inclus dans son cerveau et savait le contrecarrer… Sa force résidait uniquement dans son mental.

Ce n'est pas surhumain, il faut juste croire en certaines choses, la puissance de notre corps et notre esprit conjugués ensemble peuvent sauver des situations bien plus complexes sans assistance d'aucune sorte.

Bref, il avait gagné son nirvana à lui, il lui appartenait désormais. Son seul pari audacieux qu'il s'était fabriqué de toutes pièces devint réalité enfin sous ses pas au dessus du vide.

Ce sentiment de liberté c'était ce qu'il recherchait avant tout. La chute n'était pas pour lui…Il réservait cela aux faibles d'esprits. Ceux qui perdent pied au moindre souci…

Il s'amusait follement entre les deux tours à tel point qu'il fit quatre allers-retours. C'était son univers, sa cour de récréation favorite. Il était devenu l'espace d'un instant le roi du ciel devant des milliers de gens médusés par son exploit.

Sur un fil d'acier d'à peine 7 cm de largeur, il avait bravé les lois de l'apesanteur et celles de l'équilibre sans aucun filet.

Curieusement boudé par les Français, son exploit controversé car illégal aux États-Unis, connu néanmoins un succès phénoménal outre Atlantique et un retentissement mondial.

Cette histoire vraie, provoque en moi une certaine pudeur d'esprit. Certaines fois dans la vie, nous marchons nous aussi sur un fil et toujours à la recherche de cet équilibre parfait…

Alors faisons comme Philippe Petit, lâchons-nous dans le vide et sans aucun filet, libérons nos esprits, nous y puiserons ce que nous recherchons.

N'ayons pas peur d'y plonger, il y aura toujours une branche pour nous rattraper au passage… Et certaines sont solides croyez-moi…

Je vous laisse méditer là dessus !

La confession…

Martine était démunie et complètement bouleversée lorsqu'elle entra dans l'église St Vincent de Paul… Dans son esprit, elle se demandait encore si elle devait se confier à Dieu ou à la justice des hommes.

L'église était vide de toute âme humaine, froide et austère, elle regardait vers le haut et voyait ces vitraux chargés d'histoire avec tous les messages dont ils étaient imprégnés…

Elle soupira en silence et avançait à petits pas dans l'allée centrale.

Chaque pas, était marqué d'un bruit sourd résonnant dans la nef, son regard était tourné à la fois dans ses pensées monstrueuses et dans ce qu'elle découvrait sous ses yeux.

Elle alla tout d'abord prier en s'agenouillant tout près de l'autel. Le père François avait remarqué ses pleurs et vint la voir.

- Puis-je vous venir en aide mon enfant ? lui dit-il.

De ses grands yeux clairs assombris par une souffrance bien réelle entre ses larmes, elle le regarda… Puis, après en avoir déduit être un homme de confiance elle lui demanda d'être entendue en confession.

Le secret était sa seule arme, face aux humains et peut-être Dieu et l'église pouvaient comprendre ce geste insensé auquel elle avait succombé. C'est ainsi qu'elle avait atterrit dans cette église, la première venue…

Le père François avait été sensible à sa demande et bien sûr au grand désarroi de sa petite brebis égarée… Ils entrèrent tous deux au confessionnal….

La petite grille cloisonnée fut tirée, le prêtre lui indiqua que seul Dieu à présent pourrait l'écouter et Martine livra son récit sans ciller et jusqu'au bout…

Le père François, était à la fois horrifié mais aussi silencieux de ce qu'il entendait de la bouche même de Martine.

Elle arrivait à soulager sa conscience alors que de son coté il apprenait des choses terribles qu'un humain ne pouvait supporter…

Mais peu importait, c'était son rôle de transmettre au tout puissant la confession d'un humain sans juger, seul Dieu le ferait et il n'avait pas le moins du monde le pouvoir de le faire en son nom.

Comprenant la gravité du geste de Martine, il n'avait d'autre choix que de l'absoudre de cette confession au nom de Dieu.

Interrogé quelques mois plus tard par la gendarmerie, le père François ne lâcha rien du secret qui l'avait lié à Martine.

La justice des hommes en décida autrement…

Juste un aimant…

Lorsqu'il croisa son regard, il ne savait pas que sa vie changerait. Cette intuition ne pouvait trouver une source précise. Elle n'en avait ni la saveur, ni il n'en trouvait un sens quelconque.

Parfois dans la vie, ces intuitions se révèlent sans y prendre garde… D'où viennent-elles ? Et pourquoi ? Grandes questions existentielles… Sans doute, il ne faut pas chercher à essayer de les comprendre…

Juste se laisser emporter par leur simple fait et se laisser convaincre car souvent cela permet de puiser en nous même des sentiments extrêmement puissants qui peuvent dépasser l'entendement, comme je vais essayer de les décrire le plus précisément possible.

Donc, à travers la lueur infiniment minuscule de ce premier regard, et sans y prêter la moindre attention, rien de spécial ne fut déclenché. Rien, sauf une chose microscopique, bien plus importante qu'aucun d'eux ne s'accorda, ni ne comprit au premier abord…

Ce petit détail allait pourtant changer leurs vies à jamais. Sans le savoir, à la manière d'un virus, cette petite bête innocente grandissait chaque jour et emplissait leur être…

Inconsciemment, elle pénétrait leurs âmes en profondeur et de manière invisible, insidieusement elle se faufilait dans leur cerveau… Inlassablement et de manière indélébile elle s'inscrivait en traçant dans leurs chairs…

Rien de physique à cela... C'était juste de la chimie biomoléculaire, Une attirance mutuelle axée principalement sur l'esprit. L'idée à cette étape aurait due simplement leur effleurer la pensée ou les alerter...

Mais au lieu de cela... Aucunement... Pourtant des signes avant-coureurs commençaient à émerger au fil des mois passants.

Le temps agissait ainsi, sans que l'un ou l'autre ne se doute de quoi que ce soit... Et pourtant, chaque jour passant, le virus s'installait en eux, s'ancrait en positionnant parfaitement et de manière invisible ses racines dans leur cœur. Ils mirent un temps infini à s'en rendre compte.

Mais tout cela ne fut réellement dévoilé qu'à la suite d'un événement majeur qui allait compromettre cet équilibre savamment orchestré et mis en place... Ainsi tout simplement leur faire comprendre que le virus s'était installé de manière profonde en eux...

Et c'est à ce moment précis, qu'ils en prirent conscience... Désormais il était trop tard pour s'en séparer. L'idée même, ne leur vint jamais en tête car ils étaient liés à vie par cet aimant puissant qui, une fois révélé, les associeraient sans même leurs consentements...

La petite bestiole avait fait exploser leur sens du rationnel raisonné et de la réalité brute. Le lâcher prise était total et il fallait composer avec... Oui, mais comment, me direz-vous ?

Ils se laissèrent guider par cet hôte indésirable qui avait pris possession et logis dans leur être, ruiné leur sens inné du raisonnement…

Mais ce qu'il convient d'ajouter… Oh combien bien plus important, ils en avaient gagné en capital d'affection partagée.

D'une puissance inégalable, cet aimant pouvait aussi mettre en déséquilibre les idées reçues par la majorité des gens et mettre en péril leurs sens de compréhension la plus basique qui soit, c'est à dire "la logique" !

Justement aucune logique ne sera à tirer de cette histoire, si ce n'est qu'en conserver la beauté de profondeur des sentiments que ce virus engendra en eux…

C'est en observant justement le comportement d'un ami qui m'est très cher contaminé par ce virus, que l'idée de cette histoire m'est apparut, afin de vous parler de l'inconcevable. Cet ami, très sensé et réfléchi était doué d'une facilité de compréhension irraisonnée et sans limites…

Cela se voyait juste à la prunelle de ses yeux brillants d'amour pour elle… Alors, j'avais compris que rien, ni personne ne pourrait venir troubler cette quiétude ancrée en lui… Je l'enviais… Le virus l'avait envahi de toute sa magnificence…

Peut-être la morale de cette histoire à retenir, serait de la vivre, tout comme cet ami, dans un premier temps pour bien l'assimiler… Et la saisir…

Dans un second temps, de ne pas essayer de comprendre cette chimie biomoléculaire, mais de l'accepter au contraire et de ne jamais lutter contre elle. Car elle sera bien plus forte que vous-même et saura le dire si elle en a assez… Un jour… Ou pas !

Après avoir longuement discuté avec cet ami, je le quitte et tout en marchant et me demande encore comment, d'une si petite intuition au départ, un aimant si puissant est apparu en eux !

J'ai beau chercher, les seules idées me venant en tête ne serait que la richesse de leurs échanges parfois épistolaires parfois physiques, de leurs sentiments mélangés, ainsi que la facilité de communication entre eux constante et si rare de nos jours.

Alors, je marche avec mes pensées et me dit qu'ils ont une chance inouïe de vivre cela et que ce virus implanté en eux, n'est finalement qu'un virus bienfaiteur et rassurant pour leur avenir.

En arrivant chez moi, je me sers un verre et trinque à leur bonheur… Et rêve aussi qu'un jour prochain je puisse être à mon tour contaminé d'un même virus…

Mais cela n'arrivera jamais car non transmissible et unique pour ce cas précis et c'est en ceci qu'il peut faire l'objet de cette histoire si particulière et tellement extraordinaire.

La magie n'opère qu'une seule fois dans une vie… Et il convient juste que de n'en souligner qu'un seul exemplaire.

Courbes…

Les courbes de tous les instruments de musique ne sont ils pas fait pour nous émoustiller nous les hommes ? Le galbe du piano à queue, les ouïes du violon, les guitares mêmes modernes, la contrebasse avec son corps imposant et son ventre bien rond, ne suggère t-elle pas l'enfantement ?

Il existe bien un réel sens harmonieux entre tous ces instruments et la musique qu'ils procurent à notre cerveau. Le crissement des crins de l'archet ne serait-il pas comparable à une main caressant un bas nylon ?

Les arpèges délivrés par une harpe de presque cinquante cordes qui incite à l'amour lorsqu'elle est jouée avec une réelle envie de séduction ?

Les courbures du saxophone, ou la volute d'un violoncelle entrelacé de ses cordes…

La femme est partout dans la musique, je ne parle uniquement que de la musique aux douces mélodies enivrantes, celles qui à nos oreilles nous font rêver, nous embarquent vers des mondes imaginaires et indécents dans les formes d'instruments que les hommes ont su construire de leurs propres mains…

Imaginant à leur insu, sans doute le pouvoir qu'elles exerceraient plus tard sur leurs vies.

Quelques-uns s'en sont inspirés pour de belles valses de Vienne comme Yohann Strauss en tournoyant sur ces courbes.

D'autres plus intimement comme Chostakovitch dans sa valse numéro II qui suggère aussi la spirale infernale de la séduction.

De tous temps, la musique et les mélodies gracieuses seront faites d'une puissance à la fois envoûtante mais aussi audacieuse pour calmer les ardeurs des hommes.

La féminité dans l'art n'a jamais été une nouveauté et Dieu sait où elle s'arrêtera…

L'homme aura toujours été inspiré par la femme, c'est sans aucun doute ce qu'il faudra retenir de cette dernière histoire de ce tome 2.

UN GRAND MERCI À :

Sophie Ingremeau, Chantal et Karine Walschaerts, pour leur patience et leur travail efficace et remarquable.

Consultante spécialiste des fonds et reliefs sous-marins et plongée autonome : Chantal Walschaerts

Tous mes amis (es) qui m'ont soutenu dans ce projet !

CREDITS :

Documentations et sources :

https://fr.wikipedia.org/,
https://www.google.fr/maps/,
https://fr.wiktionary.org/,
https://www.synonymo.fr/, Google Earth Pro.

Du même auteur :

LE CRI ! (2019)
LE TALISMAN LIGÉRIEN (2019)
SORTIE DE PISTE (2020)
L'EXPÉRIENCE AUSTRALE (2020)
PUNISHMENT (2020)
NORWAY (2020)
LE RÉVEIL DU HIBOU (2021)
STORM (2021)
HISTOIRES COURTES TOME 1 (2021)
HISTOIRES COURTES TOME 2 (2022)

Dans la même collection :

LE TALISMAN LIGÉRIEN (2019)
L'EXPÉRIENCE AUSTRALE (2020)
NORWAY (2020)

Dans une autre collection :

HISTOIRES COURTES TOME 1 (2021)
HISTOIRES COURTES TOME 2 (2022)

Site internet : https://philippefournierauteur.fr

www.ingramcontent.com/pod-product-compliance
Lightning Source LLC
LaVergne TN
LVHW010059170826
845678LV00012B/2176

* 9 7 8 2 4 9 2 6 0 3 2 4 2 *